鳥打ちも
夜更けには

金子薫　kaoru kaneko

河出書房新社

目次

装丁＝川名潤（prigraphics）
装画＝オディロン・ルドン「蝶」
（写真提供　Alamy／ＰＰＳ通信社）

鳥打ちも夜更けには

Ⅰ　架空の港町の沿革、鳥打ちという職業

沖山《おきやま》が架空の港町で鳥打ちを始めてから、すでに十年が経とうとしていた。

鳥たちを仕留める技術に習熟すればするほど年老いた母が悲しげな顔を見せるようになったため、自分の仕事に対するどこか後ろ暗い気持ちが消えることはなかったが、一ヶ月につき二百羽を仕留めるというノルマを達成できなかった月は、この三年間で一度としてなかった。

ノルマを超えると給与体系は歩合制へと変わる。そこで彼は、第四週に入るまでには二百羽目を仕留められるように、雨の日も、風の日も、吹き矢を携えて花畑に足を運んでいた。海鳥の個体数の激減を防ぐ目的で、ひと月あたり三百羽以上殺してはならないという決まりもあったが、そうした規則にも注意は怠らなかった。

彼がこの仕事に就いたのは、新町長が就任して島の様子が変わりはじめた時期だった。昔ながらの漁業に力を入れ、古き良き風物を守っていこう、という方針は、観光客を率先

して呼び込み、活気のある町をつくっていこう、という新町長のそれと替わることになった。その際、南東部に広がっている蝶々の飛び交う花畑が、新たな名所として脚光を浴びることになった。

架空の港町のある島にはアレパティロオオアゲハという名の、アゲハチョウ科に属する蝶が生息している。十三世紀末にアレパティロ大王の率いる船隊が難破し、島に漂着したのであるが、その際に大王はこのアゲハチョウにいたく魅了され、自国に標本を持ち帰ることにした。その結果、蝶の美しさは世界中に知れ渡ることになり、大王の名から、アレパティロオオアゲハという名前がつけられた。

一国の王でありながら航海士でもあったアレパティロ大王は『見聞記』という著作をものしたが、この島での生活について綴られた箇所は翻訳版で百七ページにも及び、同書を飾る数々の武勇や発見のなかでも異例の長さとなっている。

アレパティロオオアゲハは幼虫のときにはネルヴォサの葉を食べ、成虫になるとその蜜を吸って生きていく。ネルヴォサは島に固有のヒルガオ科の植物であり、開花期は長く、真冬には枯れてしまうものの、ほぼ一年を通して花を咲かせている。

黄、緑、紫と主に三色の花をつけるが、興味深いことにアレパティロオオアゲハの翅《はね》の色は、何色の花の蜜を吸ったかによって微妙に変化する。黄色の花の蜜を吸えば黄色の翅になる、といった直接的な因果関係があるわけではなく、翅の色合いは個体ごとに千差万別である。

蝶たちが花々の上を飛び交う光景は美麗を極め、『見聞記』第七巻においてアレパティロ大王は、仮に天国に行けたとしても、あれらの蝶々が飛んでいなかったとしたら私は踵《きびす》を返してしまうかもしれない、という言葉を残している。

もちろんアレパティロオオアゲハもネルヴォサも希少種に指定されており、町起こしに利用するなど本来ならば言語道断である。密猟者の関心を引きかねない上に、観光客のための宿泊施設の建設とそれに伴う環境破壊を始めとして、新町長とその取り巻きによって引き起こされた問題は多々あった。

とはいえ新町長の就任時には架空の港町の経済状況は限界に達しており、こうするより他になかったというのが実情である。

新町長は、港町の象徴を海鳥と酔いどれ漁師から蝶と花畑に変えることによって、町政の抜本的な改革に取りかかった。新町長が志したのは改革、未来への前進であると同時に、旧時代への回帰でもあり、それは漁師たちの時代よりもずっと昔、不朽の古典『見聞記』

に記された、太祖たちの時代への回帰であった。

しかし、事を急ぐあまりネルヴォサの花畑を人為的に拡大したことで、海鳥たちの生活にまで大きな変化が生じてしまった。海鳥や繁殖期の渡り鳥は生活圏を西部の漁港周辺から南東部の花畑や草原に移し、積極的にアレパティロオオアゲハを捕食するようになった。

そこで鳥たちを駆除する仕事が急遽必要になり、公募したところ、当時十九歳だった沖山がそれに応募し、晴れて採用が決まったのである。

採用通知の手紙が家に届いた日、沖山は喜び勇んで母親に報告した。彼の母は最初のうちこそ息子の就職を祝福してくれていたものの、次第にその顔色も翳《かげ》っていき、ちゃんとした仕事が見つかるまでの繋ぎにしなさいね、だって退職金も出ないんでしょう、と心配そうな様子を見せた。

沖山も仕事を始めた当初は、もちろんだよ母さん、ある程度の技術が身について貯金もできたら、すぐにでも新しい仕事を探すことにするよ、と繰り返していたが、海鳥を仕留めることが上手になるにつれ、転職の望みはいっそう絶望的になっていった。

転職がほとんど不可能となった理由には、鳥を毒矢で殺す技術など、そもそもいかなる職業に応用できるというのか、という問題はともかくとして、鳥打ちの仕事がここ数年、港町の住民から白い目を向けられ始めたこととも関係している。

働き始めた頃は新町長に寄せられた期待も相俟《あいま》って、沖山は島民たちの賞讃の的となっていた。とりわけ子供たちから人気があり、少年少女は毎日広場に集まり、細い木の枝を吹き矢に見立てては、日が暮れるまで鳥打ちごっこに興じるほどであった。

ところが観光事業の状況があまり芳しくなくなってくると、罪なき鳥たちを卑劣にも草陰から狙い、毒矢を射出して死に至らしめる鳥打ちの仕事は、軽蔑の念とともに見られるようになっていった。

ほんの少し前までは、蝶でなく海鳥や渡り鳥が町の主役だったため、鳥打ちに対して怒りを抱いていた古株の漁師は数多く、彼らはみな、俺たちの港のためならばと涙をこらえながら、死んでゆく鳥たちの姿を見つめていた。

新町長の策が思ったほどの成果をあげなかったことを知り、怒りが噴出するのも当然であった。いつしか架空の港町の住民は鳥打ちという職業を忌み嫌うようになり、三人の鳥打ちが新たな仕事を探すのはますます難しくなった。

ところで、先ほどから何も説明することなく用いている「架空の港町」という名前についてであるが、これは、この港町がお伽話か何かのなかにある、という意味ではないことを言っておかねばなるまい。

鳥打ちという職業が島ではいささか低く見られているのと同様に、早くに近代化を遂げた本土の住民が島の住民を軽んじてきた歴史があった。そのため本土に渡った際に、島の港町からやって来た、などと言おうものなら、へえ、そんな町があるのかい、架空の港町じゃあないだろうね、と嘲笑されるのが常だった。これは現在でも冗談の一つとして口にされることがあるが、六十年ほど前ならば今より遥かに強い侮蔑の念が込められていたという。

だが、当時の酔いどれ漁師たちはこの呼び名をすこぶる気に入り、自ら好んで架空の港町から来た漁師だと名乗るようになった。この名がすっかり定着した現在では、地図上にも「架空の港町」という名前で載っており、もはや以前の町名を知る住民は誰一人としておらず、歴代の町長たちでさえ、およそ半数は正しい名を知らぬままに務めを果たしてきた。

名前の効力とは侮り難いもので、自分は架空の港町の住民であると常日頃から考えているうちに、自身の人生までが絵空事に思えてくるらしく、架空の港町の住民はいつもどことなく上の空といった表情を浮かべている。

本土の出身である沖山は架空の港町での生活に不安を抱き、自分だけでもしっかり目醒めていようと心に決め、そのための努力を惜しまなかった。漁師らの営む、海の上でも陸《おか》の上でも酩酊している生活だけは送るまいと考え、仕事中の飲酒はもちろんのこと、家での飲酒もなるべく控えていた。

沖まで出たというのにただの一匹も魚を獲らずに帰ってきて、そのまま港の酒場でどんちゃん騒ぎを始める様に呆れ返った沖山は、自らの仕事を意識的に遂行し、自分がそのとき何をしているのか、常に把握できているような状態を理想とした。

結果、沖山は三人の鳥打ちのなかで最も丁寧に日誌をつけるようになり、この十年ものあいだ、起床後に朝の健康状態について書き、就寝前にその日こなした仕事を書き留める作業は、滅多なことでもない限り忘れたことがない。

例えば、数年前の日誌にはこう書かれている。

五月十二日（木）　晴れ

体調——良好

検温——平熱

朝食――白米
　鶏の照り焼き
　かぼちゃの煮物
　ヨーグルトジュース
　クッキー　少し
排泄――八時半　小　一回
睡眠――七時間

よく眠れたこともあってか、仕事は滞りなく進行した。
一昨日の寝坊は疲労の蓄積のせいだと思われる。
空は晴れあがり、飛行機雲がくっきりと見えた。
目算だが、昼にはおよそ百二十羽が飛びまわっていた。
急降下する個体だけを選び、うまくやることができた。
十一羽を殺し、夕方、天野《あまの》と埋めにいった。

天野は彼の同僚で、年は沖山の二つ下だが、鳥打ちを始めた時期はほとんど同時である。新町長が行った十年前の公募以来、新たに募集がかかることはなかったため、沖山、天野、そして沖山とは同い年、天野とは幼馴染みである保田《やすだ》、この三人が事実上最初で最後の鳥打ちであった。

最後というのは、今ではハイシーズンを除けばそれほど多くの観光客が訪れることもないからで、二人は——海鳥を仕留める技術を未だに磨き続けている保田は別として——自分が何のために鳥打ちを続けているのか、いまひとつ分かっていない状態にあった。戸惑っていることを隠そうともしない天野と比べて、これほど生真面目に日誌を書き続けている沖山は、本当はより複雑な心境にあったと言える。一日一日の行いは把握できているものの、十年という歳月を振り返った途端、自分が何をしてきたのか言葉にできなくなってしまう。

沖山が抱えている不安など何処吹く風、自分の置かれている状況などまるで気にかけていないかのような保田と、沖山とは対照的に感情をさらけ出し、混乱を露わにしている天野。沖山が二人と一緒にいると落ち着くのは至極もっともなことであった。

三人はこの仕事において、とても良いチームを組んでいた。

Ⅱ　ある日の仕事風景

　葉を伝い落ちてくる滴《しずく》で大小無数の幼虫たちが目醒め、霧に包まれた花畑に、葉の齧《かじ》られる音がごくごく小さな音で響き始めていた。陽光は朝露に吸い上げられ、透き通る水の粒をのせた葉の一枚一枚は、朝の冷気のなかで緑色を塗り直してもらい、あたかも歓んでいるかのようであった。

　淡い光の滲み出してくる方を目指し、沖山も眠りの鍾乳洞を歩き始めていた。まだ眠っていられる時間であるにも拘わらず意識は自然とはっきりしてきて、漠然とした考えごとはただ一つの点に収斂していった。ベッドから起き上がり、床の上で眠る二匹の靴下を起こし、優しく履いてやり、階下に下りていき、二人分の朝食を作らなくてはならない、という毎朝繰り返してきた一連の義務を遂行する自分の姿が、一場面ごとに何十枚という数の写真になり頭のなかに散らばっていく。そうだ、これらの写真の通りに俺は動き、今日もまた花畑に足を運ぶだろう、ここまで考えたときようやく彼は身を起こした。

寝ぼけ眼の沖山は、ベッド脇に転がっている毛糸の靴下に声をかけ、返事がないこと、靴下が靴下のままであることを確かめた上で、慎重にそれらを履く。それからドアを押し開き、洗面所の鏡に顔を映し、自分が自分のままであることを確認すると、母の眠る一階へと下りていく。

彼の確認作業は、喋る靴下が出てくる夢を見たために、あるいは鏡に映る自分の顔が溶けていく夢を見たために、などといった理由で行われたわけではない。人生を絵空事と見《み》做《な》して生きる人々を見てきたせいで、何日かに一度はこのようにして、世界に根を張れていることを確かめてから一日を始めてしまうのであった。

階下に下りた沖山は、母を起こさないように気を遣いながら、朝食の準備に取りかかる。氷と海水の入ったクーラーボックスから、親交のある漁師が分けてくれた大きな白身魚を取り出し、まな板の上に載せる。

鱗掻きで透明な鱗を落とし、ぜんぶ集めてごみ箱に捨てると、つるつると滑る魚のからだを左手で押さえ、少し体重をかけるようにして頭部を切り落とす。ごとん、という音とともに、銀色の頭は流しに落ちていったが、それには構わず腹部を切り開き、流水にあてながら内臓を取り出す。

中骨に沿って包丁を滑らせていき、三枚に下ろしてから、いったん包丁とまな板を洗い、それから玉ねぎをみじん切りにする。みじん切りになった玉ねぎは、バターとオリーブオイルを引いたフライパンに放り込まれ、しんなりとしてくるまで熱せられる。流れ出る涙を拭い、もうすぐ朝食ができることを母に伝えると、三枚下ろしにした白身魚の両面に塩胡椒をし、小麦粉をまぶした。

つけすぎてしまった部分は指で払い、小麦粉が過不足なく付着したことを確認すると、玉ねぎが音を立てながら待っているフライパンのなかに、そっと寝かせるようにして魚の切り身を入れる。玉ねぎの香ばしい香りに、こんがりと焼けてゆく白身魚の匂いが溶け込んでいく。

仕事に行くまでの時間を逆算しつつ、皿を食器棚から取り出す。そして、今日も定刻通りに家を出られそうなことに安堵する。

＊

沖山の家で白身魚のムニエルが出来上がりつつある頃、天野は港町にある酒場「棺桶」

の上階、長いこと間借りしている部屋で、目醒めてからも長いこと布団にくるまっていた。腹痛に悶《もだ》えていた彼は、ああ、またこれか、と痛みを甘受しながらも、仕事に行かなくてはならないという義務感のみを頼りに身を起こし、窓辺で育てているロロクリットの葉を摘み取るため、どうにかベッドから下りた。

観光ビジネスの危機は、町起こしのために仕方なく、という海鳥駆除の名目をも失わせ、もとより鳥を殺すことに消極的だった天野は、十年という節目を境に、海鳥を殺すことを想像しただけでからだに異変が生じるまでになっていた。

絶命していく姿を見たくないがため、彼は目を瞑《つむ》って鳥を狙うこともあった。当然それでは矢が命中するはずもなく、職業意識の高い沖山と純粋に狩りを楽しんでいる保田が数を稼いでいなければ、とうに失職していたはずである。必要以上に仕留めがちな保田の駆除数を減らし、代わりに天野の成績を水増しすることで、沖山がどうにかごまかしてくれていた。

天野は殺した鳥を前にして涙を流すことさえあり、もはや仕事を続けられなくなるのも時間の問題だった。その様子を見かねた沖山は鳥たちの墓地をつくることを提案し、二人は仕事のあとで死骸を島の北東部に運び、ソロイ城——アレパティロ大王がこの島に漂着した際、他国からの侵略を防ぐため、すぐにでも建設するよう助言した石造りの要塞――の背後に広がっている砂地に埋葬するようになった。

殺した鳥はまとめて海中に沈める取り決めがあったが、二人はそれを砂中に埋め、墓標として木切れを立てていた。今では何千本という数の木切れが砂に突き刺さっており、その光景は異様というより他ないが、ソロイ城の向こう側に足を踏み入れる者などほとんどおらず、誰かに埋葬を見咎められるようなことはなかった。

島の西側の海、港町と本土を隔てている海が夕焼けに染まる頃には、ソロイ城の影は寂しげな砂地の一部を黒く覆い、沖山と天野がせっせと突き立てた木切れもそれぞれ影を伸ばし始める。そして夜が訪れると、それらの影もみな黒一色に飲み込まれ、島は月明かりと安らぎとに包まれる。

感傷に浸る二人を冷やかすため、夜には保田も鳥たちの墓地にやって来ることがあった。そういうとき、言葉もなく立ち尽くしている二人の隣で、彼はおもむろに煙草に火をつける。しかし、泣き出す寸前であるかのような天野を相手に、冷やかしなどできるはずもなく、状況を見て取った沖山が――酒嫌いであるにも拘わらず、二人に気を遣って――よし、一杯飲みにいこうか、と提案するまでは、三人は夜の砂地であれこれ考えながら、やりきれない気持ちでいっぱいになっているのであった。

さて、いくらか腹痛の治まってきた天野は手袋をして、窓辺に置かれた鉢植えからロロクリットの葉を四枚ちぎり、すり鉢を使い羽のような形をした葉をごりごりと潰していった。ロロクリットとは、とある砂漠に住む少数民族が矢に塗っていたとされる毒草であり、架空の港町の鳥打ちも吹き筒から射出する針には、この葉から抽出できる毒を塗っていた。

天野は潰した葉をアルコールに浸け、皿をラップで覆うとそれを冷蔵庫に入れ、代わりに前の晩から浸けておいたものを取り出した。ラップを取り、なかに入っている三枚の葉は、毒が漏れ出ないようにビニール袋に入れてから捨てる。そして残りの液体を慎重に小瓶へと移していく。

力一杯コルクを押し入れてから、その瓶を仕事用の鞄のなかにしまう。それから吹き矢の点検をして、まだ毒の塗られていない針を試しに射出してみる。狙い通り、本棚で埃を被《かぶ》っている『見聞記』第一巻（春日寿志訳、山水堂出版）の背表紙に命中したことを確認すると、今日こそ昔のように海鳥を仕留められるかもしれないと思い、決意も新たに衣服を着替え、鞄を持って家を出た。

*

天野が保田の家を訪れたとき、保田は監督官に有給休暇を取る旨の電話をかけていた。監督官とは、新町長の指示のもと鳥打ちの様子を見張り、申告された数字と実際の仕事の間にずれがないか確認する者たちであり、鳥打ち同様、十年前に応募者のなかから選出されていた。

保田の仕事ぶりは凄まじく、鳥打ちという職業に没入し、狩る行為のうちに歓びを見出している彼は、吹き矢の技術はもちろんのこと、ロロクリットの栽培にも人並み外れた情熱を注いでいた。葉の大きさや緑色の濃さ、そして鳥が絶命するまでにかかる時間を比べてみても、彼の栽培するロロクリットは品質において沖山や天野のものを遥かに上回っていた。

この日彼が有休を取ることにしたのも、昨日までにあまりに多くの海鳥を殺してしまったからであり、このままではまだ三週目だというのに、ひと月あたりの上限である三百羽を超えてしまう虞《おそ》れがあった。

花畑に足を運びつつも適当に手を抜いて、草原に寝転んでみたり、天野の代わりに駆除作業にあたってみたり、あるいは何も考えず、海を眺めながら煙草でも吸っていればいいのではないか、と思われる向きもあるかもしれないが、保田が鳥を狙っている姿を一目見れば、そうした考えは二度と浮かばなくなることであろう。

彼は花畑に足を踏み入れた途端に顔つきが変わり、仕留められる鳥をあえて見送るなどという手加減はまるで出来なくなってしまう。海鳥を殺さずにじっとしているためには、休暇を取り部屋に閉じこもっているしかない。

電話を切った保田は、部屋の隅から小さな黄色い椅子を引っ張ってきて、天野に座るよう促した。木の椅子に腰掛け、天野は残念そうな表情を浮かべながら言う。

「有休なんて取らずにさ、せめて花畑にはいてくれないか？　今日こそ頑張ろうとは思っているけれど、どうしても不安なんだ」

気の毒に思えてきたため、保田は弁解を試みた。

「悪いと思ってるよ。でも、昨日俺が何羽殺したか知ってるだろ。あの調子で続けたら、罰金に次ぐ罰金で元も子もなくなっちまう」

「いや、きみが悪いだなんて思う必要はない。これは僕のわがままなんだ。そんなことはわかってる。昨日僕は八時間も花畑にいたのに、たったの二羽しか殺せなかった。しかも殺した二羽のうち一羽は、沖山が代わりに狙いをつけてくれて、僕はただ息を吹き込んだだけなんだ。目を瞑ってなんにも見ずに、ただ、ふうっと」

保田は吹き筒をいじりながら答えた。

「だけど俺が毎日二人分の鳥を殺すなんて、さすがに不可能だよ。沖山が書き換えられる数もたかだか知れてるんだ」

天野はうなだれ、床の木目を見つめながらぼやいた。

「監督官が目を光らせてるからなあ」

「肩代わりしてやりたいのは山々だけどさ、そろそろ自分でなんとかしないと、本当に良くないことになるぞ。最近のおまえはどうかしてる」

「言われなくたってわかってる」

「あの墓だけはいただけないな」

保田の表情はいたって真剣であり、声の調子は厳しいほどであったが、彼なりに天野を傷つけないように気遣っていた。

天野は短く溜め息をついてから言った。

「ああでもしないとだめなんだ」

「いや、おまえと沖山があれをつくり始めてから、沖山はともかく、おまえはなおのこと鳥を殺せなくなってる」

「そうかもしれないけれど」

「鳥打ちは鳥を弔《とむら》ったりしたらいけないんだ。余計な感傷は吹き矢の命中率を下げるだけだ」

「きみは強靭な精神を備えている。恵まれているんだよ、僕のような人間からすれば羨ましいくらいに」

そう言いながら、天野は自分に愛想を尽かしていたが、鳥を殺せないというのはそんなにもまずいことなのだろうか、という疑問もまた尽きない。

「穏やかな麻痺や眠りであると知りながらも、自分のすべてを捧げ、迷うことなく完遂しなくちゃならない。俺にとって仕事とはそういうもので、他人にそれを狂信的だと言われようが、強迫観念的だと言われようが、偏執狂的だと言われようが、知ったことじゃない。正しいのか間違っているのか、最後には報われるのか、それとも甲斐なく終わるのか、そういうことはみんなどうだっていいことだ」

天野はすかさず疑問を差し挟んだ。

「それはあまりに盲目的なんじゃないか。というより、わざと考えないようにしている領域がいくらなんでも広すぎる。信じられないよ。まるで鳥を殺すために生まれてきたと思ってるみたいだ」

「そう信じて来る日も来る日も鳥を狙ってるよ」

「そんな馬鹿な話があるかな」

「馬鹿な話でいいんだよ。おまえはあまりに多くを考えすぎるからいけないんだ。鳥打ちとして働いて、その金で暮らしている。それなら無心で鳥を殺し続けるべきだろう。鳥を殺すために生まれてきたも同然だ」

「きみはおかしなことを言っている。だって、鳥打ちを始めたのはたった十年前のことで、新町長が就任する前は海鳥を殺すだなんて思いつきもしなかったじゃないか。沖山とは違い僕たちは二人とも島の生まれだ。子どもの頃は一緒にパン屑を海に投げ込んで、カモメを集めて笑っていたじゃないか」

「だが俺は鳥打ちという職業にありついて、これまで生きてきたんだ。この仕事を疑ってしまったら何も残らない」

「なんでそんなにまで執着し、脇目も振らず没頭できるんだ」

「俺は鳥打ちであり、鳥を殺す技術を高めることに歓びを感じている。ところがおまえの場合はどうだ。鳥打ちが鳥打ちを嫌がっているじゃないか。どう考えたって危険な徴候だよ」

「わかったよ。どちらにせよ僕には他に選択肢なんてないんだから。それにしても、きみもいろいろ考えた上で鳥を殺していたんだな。ある種の快楽を味わっているだけなのかと思っていたよ」

「やることは一緒だよ。鳥を殺すんだ」

「じゃあ今日も有休なんて取らずに」

「それとこれとは別だろう。おまえの仕事はおまえがやるしかないよ。何にせよ、あの墓づくりは考え直した方がいい。沖山まで鳥を殺せなくなったら、いよいよおしまいだ」

「沖山は大丈夫。僕のわがままに付き合っているだけだから」

「今のところは、な」

保田は煙草に火をつけ、台所に換気扇を回しにいった。天野は保田の言葉を反芻し、あらためて驚きに打たれた。

保田が見出している鳥を殺さねばならぬ必然性の如きものが、一見強固でありながら、その実とてもじゃないが論理などとは呼び得ない、柔らかくてほつれやすい、すぐにでも切れてしまいそうな糸に支えられていることを知り、鳥打ちという職業にいまいちど畏怖を感じたのである。

これほどの遠回りを重ねた上で保田があの鋭い矢を放っているのかと思うと、胸の悪くなるような、空っぽの胃袋から何かを吐き出したくなるような、そんな気分に襲われた。そして空腹を意識したことにより、天野は保田の家に立ち寄った理由を思い出した。

「そうだ。朝食を一緒に食べようと思って、ここに来たんだった」

「向かいの店で食べることにしよう」

「でもきみ、今日は仕事いかないんだろ」

「仕事なくても、食うよ、そりゃ」

「そうか、そうだよな」

「鳥打ちである前に、まずは一人の人間であって」

「腹は減ると」

「当たり前だろう」

「安心したよ」

＊

午前九時半、沖山と天野を乗せたジープが草原を切り開くようにして走っていた。海から運ばれてくる潮風の香りは二人の鼻腔をくすぐり、なぎ倒された草花は朝露を空中に放り投げ、鳥打ち用のブーツを湿らせる。

フルオープンになったジープは監督官が運転しており、車体には黄緑色の塗装が施されていた。これは新町長の提案によるカモフラージュ用の色彩だった。観光客に蝶と花畑の織り成す光景を純粋に楽しんでもらうため、鳥打ちなどという野蛮な職業が目に映ることなど断じて許されない、という理屈であった。

そういうわけで、草原を移動するときは黄緑色のジープに乗ること、花畑に身を隠して鳥を狙うときは花柄のつなぎを着用すること、以上二つの決まりが生まれたのだが、これがまた何とも滑稽な規則であり、黄緑色のジープはまだしも花柄のつなぎの方は、観光客の目を余計に引くばかりだった。

新町長と四人の監督官は自分たちの名案に満足していたが、観光客の方は蝶、花畑、花柄のつなぎを着た鳥打ち、撃ち落とされる海鳥、様子を見張っている黒服の監督官、これら五つをセットと見做していた。美麗な光景はもちろんのこと、この組み合わせもなかなか感興をそそるようで、それでどうにか観光ビジネスの命脈が保たれていた。

花柄のつなぎに誰より反感を抱いていたのは天野であった。観光客の目を逃れるためと言いつつも、稚拙なデフォルメを施されたネルヴォサの絵はチューリップに近く、擬態の効果をまるで果たせていない。しかし、それにも増して彼が嫌がったのは、胸のところにあるワンポイントだった。

左胸にはアレパティロオオアゲハの幼虫が描かれていたが、幼虫の口からは吹き出しが出ており、そこには《thank you!》とある。守ってくれてどうもありがとう、ということなのだろうが、いくら何でもふざけすぎているんじゃないか、もっと勤労意欲を煽るようなデザインにできたんじゃないか、と天野は珍しく怒りを露わにしていた。

沖山は真面目に職務を遂行しながらも、仕事なんてものは往々にして馬鹿馬鹿しいものだと早々に開き直っていたし、保田は機能面において問題がなければ、つまり海鳥を仕留めることの妨げにさえならなければ、どんな柄のものであっても文句一つ言わずに着用したことであろう。

もっとも保田も、写真を使うか腕のいい画家を雇うかして、もう少しネルヴァサに近づける努力をしてくれないかと、監督官に相談をもちかけにいったことはあった。花畑に完全に身を沈めてしまえばいいのだが、新町長たちが熱心に説いていた擬態の美学はまるきり体現できておらず、見破った海鳥から嫌がらせの糞尿攻撃を浴びせられることもあったからである。監督官はそうした保田の提案をやんわりと退《しりぞ》け、その花柄は架空の港町の新たな象徴なのだ、これからも頑張ってくれたまえ、と機械仕掛けの如く繰り返すばかりであった。

花畑の手前で急ブレーキによってジープは停車した。監督官は運転席から降りて、仕事に取りかかるよう沖山と天野に促した。

天野は鞄から毒の小瓶を出し、吹き矢一式の入っている花柄のポシェットのなかに移し替える。沖山は小瓶をつなぎのポケットに入れ、針のついた矢を口に咥えると、そのまま匍匐《ほふく》前進で花畑のなかに消えていった。天野は、今日こそ友の足を引っ張らないようにしようと決め、花畑に紛れ込んでいく沖山の後ろ姿を見つめながら、丹念にストレッチを行う。

監督官は——四人の監督官はそれぞれ見分けがつかず、その日の担当が誰であるかは、鳥打ちを十年している三人にも分からない――、花畑の様子を見渡せるいつもの木によじ登り、ブリキ製の双眼鏡を取り出した。この双眼鏡は単なる玩具であり、実際は肉眼で仕事の様子を見張っていたが、自分たちは常に見張られているという緊張感を鳥打ちに植えつけるため、新町長が携帯を義務づけていた。

ストレッチを終えた天野は、監督官――この日は二番の監督官であるように思えた――の視線を背中に感じながら、沖山のあとを追うようにして花畑に入っていく。天野が二番であると判断した監督官は、二人が花畑に吸い込まれていったことを確認すると双眼鏡の革ひもを首にかけ、両腕の自由を確保した上でステンレス製の水筒を鞄から取り出した。

天野の予想に反して、この日の監督官は二番ではなく三番であった。水筒にサインペンで「三」と書かれているため、注意深く観察すれば見分けることができたが、花畑でロロクリットの小瓶を握り締めている天野には見えるはずもなく、彼は相変わらず二番の監督官の視線を感じていた。実際の視線は三番のものであり、なおかつ現在、三番の監督官は水筒からコップへと流れ出るジャスミン茶を注視しているため、天野が感じている視線は人違いであるばかりか、この瞬間に限って言えばまったくの思い込みに他ならなかった。

さらには、これもまた三人の鳥打ちには知る由もないことであるが、顔も体格も服装も同じに見える四人の監督官たちも、それぞれ別々の嗜好を有していた。例えば水筒の中身にしても、一番の監督官は緑茶、二番は紅茶、三番はジャスミン茶、四番はミネラルウォーターといったようにまったく異なる。

天野はロロクリットの小瓶からコルクを抜くと、小さな溝があり、そこに毒が溜まるようになっている特殊な形状の針を毒液のなかに浸し、いよいよ吹き矢を構えようとしていた。そのとき沖山はすでに一羽目を仕留めており、早くも二羽目に狙いをつけていた。

沖山は一メートルほどの吹き筒――伸縮式の杖のようになっていて、普段は五十センチほどの大きさで持ち運ぶことができた――を構え、上空にいる鳥たちの様子を窺っていた。花柄のつなぎの欠点など百も承知している彼は、花畑のなかにすっかり身を沈めている。カモメの方は沖山に狙われていることなど露知らず、幼虫が葉の表に身を晒す瞬間を今か今かと待ち侘びている。

アレパティロオオアゲハは年に三度の産卵期を有しており、五月に産まれた卵は七月に、八月の卵は十月に、十一月の卵は三月に晴れて成虫となる。十一月の卵が他の二つの時期に比べて成虫になるのに長い時間を要するのは、長いあいだ蛹《さなぎ》のままでいるためである。一月にはすでに蛹になっているものの、羽化せず越冬する。六月半ばの花畑にいるのは、五月に産みつけられた卵から孵化《ふか》した幼虫とその蛹であり、三齢から五齢までの幼虫がそのほとんどを占めていた。

沖山が狙いをつけているセグロカモメなどの海鳥や、まもなく繁殖のために訪れる渡り鳥がとりわけ好んで食べるのは、蛹になる直前の五齢幼虫だった。成虫への変態のために蓄えてある栄養も然《さ》ることながら、アレパティロオオアゲハの五齢幼虫は鼈甲飴《べっこうあめ》の如く透き通った黄金色をしており、そのからだも四齢までと比べれば格段に立派である。それに対して一齢から四齢までの幼虫は緑褐色をしているため、上空から見つけるのも容易ではない。飛び回る成虫もまた頻繁に狙われたが、やはり一番の大好物が五齢幼虫であることに変わりはない。

セグロカモメはすぐにでも降下してきそうであった。ちょうど沖山の目の前にあるネルヴォサの葉に五齢幼虫が這い出してきたため、海鳥にとっても、それを狙う沖山にとっても、絶好のチャンスだった。表皮の濡れた五齢幼虫のからだはとろりと溶けだしそうであり、沖山も海鳥と同じく食欲を刺激されていた。

狙いをつけて降下の瞬間を待つ。セグロカモメは風に煽られつつも、しっかりと姿勢を整えている。そして嘴《くちばし》を下に向けると同時に勢いをつけ、花畑めがけて飛び込んできた。

沖山は息を吸い込み、吹き口を咥える。限界まで吸い込んだ息を一気に吹き込むと、矢は瞬《また》く間に獲物の首に突き刺さった。

海鳥は宙で姿勢を崩し、重力に抗うことを諦めたかのようにしてネルヴォサの花のなかに墜落した。三番の監督官はその様子を肉眼で確認し、樹上で何事かを手帳に書きとめた。五齢幼虫はそれらすべてを微塵も感知せずに葉を齧り続けていた。

沖山は殺したセグロカモメに歩み寄り、痙攣《けいれん》を繰り返した後の硬直を看取ると、今度は天野の手伝いをしなくてはと考える。あとで回収しやすいよう死骸を目立つところに安置すると、監督官の目を盗み、天野の方に向けて匍匐前進を開始した。

天野の周りでも種々雑多な海鳥たちが急降下を繰り返していたが、彼はどうしても毒矢を放つことができず、苦し紛れの投石によって幼虫や蛹を守り続けていた。しかし、投石による一時的な撃退では給金が発生しない。

天野は近くに落ちている、命中したところで命までは奪えそうにない小さな石を拾い集めながら、いつから自分が鳥を殺せなくなったのか、どうして殺せなくなってしまったのか、思い出そうとしていた。

天野が諸々の記憶や思索のうちに沈みながらも、今日こそ鳥を殺さなくてはならないという決意に身を奮い立たせ、首筋を伝う汗の冷たさを感じていたとき、上空にいる一羽のウミネコが、茎についた蛹を狙って舞い降りようとしていた。

飛び込んでくる瞬間までウミネコの存在には気がつかなかった。羽が風を切る音を聞き、白い塊を視界の端に捉えた瞬間、もうおしまいだ、間に合うわけがないと観念し、吹き矢を慌てて構えることもせず、その光景をただ傍観することにした。しかし、ウミネコは蛹を味わうことなく花畑に落下し、数秒間の痙攣を経たのち、鳴き声をあげることもなく死んでしまった。

沖山が天野の近くに身を潜めていたのであった。彼は這ったまま近づいてくると、おまえが殺したことにするといいよ、とだけ小声で言い、自分の持ち場である西側に戻っていった。

天野はまた助けられてしまったと思い、監督官が気づいていないことを祈りながらウミネコの死骸を頭陀袋《ずだぶくろ》に入れ、心のなかで感謝の言葉を言った。それからロロクリットの小瓶をいっそう強く握り締め、もう二度と友人の手は借りるまいと誓い、沖山とは反対の方向、東の方を目指して匍匐前進で進んでいった。

＊

こうして一日の仕事は終わったのであるが、二人の成績を書き記してある、三番の監督官の手帳をこっそり覗いてみることにしよう。

六月十六日

天野正一《しょういち》

ウミネコ　一羽

オオセグロカモメ　二羽

カモメ　三羽

計　　　六羽

今月の総計　九十三羽

備考――正午に一度だけ腹痛を訴えたものの、以後は問題なし。

沖山宏明《ひろあき》
オオセグロカモメ　五羽
カモメ　四羽
セグロカモメ　四羽
ネッタイチョウ　一羽
計　十四羽
今月の総計　二百七羽
備考——特になし。

結局、天野は一羽として殺すことができず、沖山から死骸を六つ分けてもらっていた。ひと月につき二百羽というノルマに関しては、沖山と保田がいる限り毎月どうにかなるのだった。沖山は天野の数字に絶えず気を配っていたし、保田は小言を言いながらも、最後には必ず天野を助けてくれた。
しかしこの日、とうとう問題が起こった。監督官に死骸を見せ、記録を取ってもらった直後、なんと天野は、その死骸はすべて沖山君が殺してくれたものであって、僕はただの一羽も殺していないのです、などと事もあろうに自ら白状したのである。

今のような状態で仕事を続けることは不可能です、自分の仕事について考える時間を下さい、その望みが叶わないのなら、残念ですが僕はこの仕事を辞めざるを得ません、とまで言ったため、隣で聞いていた沖山もすっかり面食らっていた。

沖山は、天野が自力で危機を乗り越え、遅かれ早かれ覚悟を決めるとばかり思っていたため、自分の楽観的な考えを改めなくてはならないと考えた。そして、天野が何か取り返しのつかない告白をしているような気がして、殺した鳥の詰まった袋を握り締め、俺は揺らいだりしてなるものかと下唇を噛み締める。

三番の監督官――天野は相変わらずそれが二番の監督官であると思いながら告白を続けていたが――も、どうしていいか分からないようで、停車させてあるジープの方を見つめてみたり、双眼鏡のレンズをシャツの裾《すそ》で磨いてみたり、先ほどまで天野が殺したとばかり思っていたウミネコの死骸を摑み、本当に沖山が殺したのかどうか確認するかのようにして、沖山の顔と鳥の死に顔を見比べてみたりしていた。

ようやく口を開いた監督官は、新町長に相談してみるが、いずれにせよ一ヶ月半ほどの謹慎処分に処されることになるだろう、復職は八月以降になるはずだ、と天野に言い渡した。それから二人を港町まで送ると申し出た。

沖山はそれを丁重に辞退すると、監督官に連れられていく天野に向かって、まあ、いい機会かもしれないな、ゆっくり考えてみるといいよ、と言った。

天野は放心したかのような様子であったが、それは、仕事を一時的に失ったことからくる悲嘆の表れではなく、一ヶ月半ものあいだ鳥を殺さなくてもいいのだという安心感の表れだった。

監督官と天野の乗ったジープは日の暮れてゆく草原を走り、沖山の立ち尽くす花畑から遠ざかっていった。沖山は死骸の詰まった二つの袋を担ぎ、北に向かって歩き始めた。ソロイ城の向こう側にある鳥たちの墓地に、この日はたったひとりで海鳥を埋葬しなければならなかった。

Ⅲ　設けられた規則、謹慎中の生活

　謹慎生活初日の朝、四番の監督官が天野の部屋を訪れた。監督官は小脇に抱えていたネルヴォッサの鉢を下ろすと、挨拶もそこそこに、鞄から丸められた書状と小さな木箱を取り出した。

　天野は監督官に水道水の入ったコップを差し出した。監督官はそれを美味しそうにぐいと飲み干したが、コップを空にした後で、ミネラルウォーターならば良かったのだがと呟いた。

「本日、私がここに来たのは」

　監督官がそう言ったとき、天野はその声質から、目の前に立っているのは四番の監督官であるか、もしくは二番の監督官であると判断した。仮に二番の監督官だとしたら、昨日の突然の告白について詫びた方がいいのではないかと考えたが、どうしても四番なのか二番なのか識別できなかったため、判断材料が増えるまでは黙っていることにした。

四番の監督官は書状を巻いている水色のリボンをほどきながら、わざとらしく咳払いをした。そして、心して聞くように、とでも言いたげな表情を作り、まさにその顔つきにふさわしい言葉を継いだ。

「他でもない、新町長殿が天野氏のために考案してくれた、ありがたき規則を読み上げるためである」

天野はその口調から十中八九、四番の監督官であると判断し、謹慎中の規則くらいは守らねばと思い、耳を傾けることにした。

監督官は背筋を伸ばし、書状を持った左手を斜め上に掲げた。右手を後ろに回し不自然なまでに胸を張ると、大声でそれを読み上げる。

「天野正一氏、今回の件について三番の監督官から報告を受けた際、私の胸中に生じた感情が怒りでもなければ失意でもなく深い哀しみであったことを、最初に伝えておく必要があるだろう。今あなたがどんな気持ちで手紙を読み上げる四番の前に立っているのか私には想像できかねるが、ひとまず安心してほしい。あなたを即座に解雇する気など毛頭ないのであり、それどころか、私の胸中は同情の念で満ち溢れているのだから。鳥打ちの仕事をこれまで不平も漏らさず続けてくれたあなたの忠信、献身、功績、そういったものには感謝しきれないくらいであるし、望むらくはあなたが再びこの仕事を好きになり、沖山氏や保田氏とともにこれからも花畑を守り続けんことを、という次第である。そこで、仕事への愛が今一度あなたの心に宿るよう、私はただ善意から謹慎中に遵守すべき規則を設けることにした。前置きが長くなり誠に申し訳ないが、次に挙げるいくつかの規則を守っていただきたい」

四番の監督官は唾液を飛び散らせながら、新町長の慇懃《いんぎん》無礼《ぶれい》な書き方とは釣り合いのとれていない、鬼気迫る表情で手紙を読み上げた。そのため早くも息を切らせてしまっている。

天野は昨日の監督官が二番ではなく三番だったことに内心驚きながら台所に行き、もう一度水を汲んできた。そして顔を真っ赤にしている監督官に、どうぞと言いながらコップを手渡す。

受け取った水を飲み干すと、監督官は書状を掲げ直した。

「一、謹慎期間中、天野氏はアレパティィロオオアゲハの幼虫の世話をしなくてはならない。木箱のなかに用意したのは全部で十二匹の五齢幼虫であるが、一ヶ月半の謹慎期間のうちにそれらすべてを成虫にすること。天野氏は、自分が十年ものあいだ守り続けてきた生き物がどれほど繊細であるのか、そしてまたどれほどあなたの庇護を求めているのか、実感とともに知らなくてはならない。
二、アレパティロオオアゲハの世話だけでなく、その餌であるネルヴォサの水遣りも怠ってはならない。ネルヴォサの花はアレパティロオオアゲハと並ぶ架空の港町の象徴である。ゆえに、天野氏はこの花をも愛さなくてはならない。
三、謹慎期間中の外出を禁ずる。天野氏は持ち前の優しさから海鳥たちに憐憫《れんびん》を覚えてしまった。その憐れみの心は十年の歳月を経て肥大化し、職務に支障を来すまでになったと聞く。それならば、それらの情愛すべてを蝶と花々に向け直さねばならないだろう。謹慎期間中に外を歩くことは、飛翔する海鳥の姿を見たり、あの愛らしい鳴き声を耳にしたりする悪しき機会をいたずらに増やすだけであり、有害であることこの上ない。よって、外出禁止を命ずる。幸いなことに階下には酒場があるため、食事の心配はないかと思われる。酒場の女主人には私の方から事情を説明しておくので安心してほしい。なお、友人との接触も酒場でのみ許可する」
監督官はここで咳き込み、しばらくのあいだ黙り込んだ。彼は天野と台所を交互に見つめることで、無言のうちに飲み水を要求していた。それを察した天野は台所に向かって歩きながら、これまでに読まれた規則をおさらいする。

一つ、蝶の世話……二つ、花の世話……三つ、外出の禁止……なんだ、簡単なことばかりじゃないか……鳥を殺すよりよっぽどいいや……でも、そのあとで僕はちゃんと鳥を殺せるようになるのだろうか？　それだけで自分の仕事を愛せるようになるのだろうか？　そういった種々の疑問について考えながら、コップに水を汲み終える。

水を半分ほど飲み、コップを机の上に置いてから、監督官は再び書状を読み始めたが、その声はすでに掠れてしまっていた。

「四、毎晩、アレパティロ大王の『見聞記』第七巻を音読してから床に就くこと。大王が島に漂着し、蝶に魅せられてゆく箇所、つまりは八十四章から九十六章までを、一週間の通読を目安に繰り返し読むこと。熊河書房から出ている高柳章二訳を用いることを推奨する。格調の高さで有名な春日寿志訳は、旧字体および旧仮名遣いが多用されているため、音読には適さないかと思われる。加えて、一ヶ月半の謹慎期間の終わりには、四百字詰め原稿用紙十枚ほどで『見聞記』に関する簡潔な論考を提出すること。テーマは自由に設定してくれて構わないし、専門的な学術論文を要求しているわけでもない。反省文などという幼稚極まりない作文を課したくないがため、このような課題を設けることとした次第である」

　天野がノートの切れ端に「見聞記、七巻、八十四〜九十六章、一週間で読む、論考の提出、原稿用紙で十枚」と書きつけて顔を上げたとき、監督官は残しておいたコップの水を飲み終えていた。口元を袖で拭うと、五つ目の規則を読み上げるため厳《いか》めしい表情を作り、またもや書状を掲げた。

　天野はひゅうひゅう鳴っている監督官の喉のことを考え、空になったコップを取ると、再び台所に向かった。

「五、謹慎期間中も吹き矢の手入れや練習、それからロロクリットの世話を怠ってはならない。天野氏には鳥打ちとしての職務を十全に果たせる状態で復職して頂きたい。そして言うまでもないことであるが、間違っても幼虫たちにロロクリットの葉を与えてはならない。ネルヴォサの鉢の近くにロロクリットの鉢を置くことも御法度《ごはっと》である。ロロクリットの葉がネルヴォサの鉢のなかに落ちた場合、それだけでも非常に危険である。

　以上、五つの決まりさえ守ってもらえるならば、私は謹慎期間中にも賃金を払うつもりでいる。ひと月あたり二百羽というノルマ分の給料を払うことを約束するゆえ、是非ともこれらの規則を遵守してもらいたい。何か質問があればその都度監督官たちに聞くこと。

酒場の開いている時間帯には必ず一人は常駐させておくので、些細な問題であろうと遠慮なく相談するように」

読み終えると、監督官は書状をくるくると巻き、水色のリボンを結び直した。天野が持ってきた四杯目の水を飲み干して十分に喉が潤ったのか、涼しげな表情を浮かべている。それから木箱を差し出し、天野になかを覗き込むよう促した。

木箱の底にはネルヴォサの葉が敷かれており、その上をアレパティロオオアゲハの幼虫が這っている。五齢幼虫たちは金色の身をくねらせては葉を齧り、立ち止まっては小刻みに震え、ぽろぽろと転がってゆく丸く小さな糞をした。全部で十二匹、ちょうど天野の親指ほどの大きさである。天敵を寄せつけないためであろう、蛇と見紛うような丸々とした擬眼を持っている。

監督官がネルヴォサの鉢を持ち上げ、どこに置いてほしいかと尋ねたので、天野はベッド脇に置くように頼んだ。鉢の移動に伴い花の香りがほのかに漂い始めていた。鉢を下ろしてから監督官は存分に伸びをした。そして鞄のなかを漁り、高柳章二訳の『見聞記』第七巻と銀貨四枚を机の上に置くと、戸を押し開いて外に出ていった。

天野は銀貨を見つめていたが、しばらくしてからそれがコップの水へのお礼であることに思い至った。

＊

規則によって世話を義務づけられた幼虫たちは、天野に鳥打ちとしての誇りを取り戻させるどころか、彼の心に刻まれていた仕事に対する猜疑心をますます膨らませるばかりであった。

謹慎生活が始まってからまだ三日しか経っていないというのに、幼虫たちを見つめているあいだ、なぜ自分は十年ものあいだこのような生き物を守り続けてきたのかと自問せずにはいられない。蝶への愛が生まれることはなく、逆にこれまで何千羽、何万羽という単位で殺してきた海鳥たちに対する罪悪感がさらに強迫観念じみたものとなり、執拗につきまとうようになる。

ある朝、天野は木箱のなかで葉を食べている幼虫を一匹ずつ箸でつまみ、机の上に並べてみた。外見や行動様式における個体差は見られず、どれも一様に慌てふためき、それぞれ必死の逃走を試みる。

十二匹の幼虫たちは身を捩《よじ》り蠕動《ぜんどう》運動を繰り返し、時には一直線に、時には方向転換を織り交ぜ、机の上を進んでいく。天野は机から落ちるか落ちないかの瞬間、箸で幼虫をつまみ上げ、最初に並べた地点へと連れ戻す。

幼虫たちは疲れを知っているのだろうか？　意義なき振る舞いを強制され、単純な動作の反復を余儀なくされ、どんよりとした倦怠感に襲われるようなことはないにせよ、からだが命令に背き、こちらの意向を聞き入れなくなるような瞬間、そんな瞬間が彼らにも訪れるのだろうか？

天野は二十分ほどこうした繰り返しを幼虫に強いていたが、この作業を通して自分もまた同じ渦に巻き込まれていることに気づき、木箱のなかに彼らを戻してやった。そしてネルヴォサの葉をむしり、糞の転がる古い葉と交換した。

幼虫たちを徹底的に疲弊させ、やはり彼らにも疲労の類いは存在するのだと主張し、それを裏付けるためにもはや一センチたりとも動けなくなった個体を指差してやることもできたが、そうはしなかった。

何事もなかったかのように再び葉を齧り始めた黄金色の幼虫たちを、じっと観察してみる。何か一声かけてやろうかと思案したが、かけるべき言葉が見つからず、無言のまま、木箱を陽のあたる窓辺へと移した。

そのうち全員に名前でもつけてみようか、でもどうやって見分ければいいのだろう、そんなことをぼんやりと考えながら天野はカーテンを開けて陽光を取り込み、石造りの家々の屋根や、尖塔の周りを飛び交うカモメたちの姿を眺めた。

＊

ある日の正午、午前の仕事を終えた沖山と保田が、それぞれ匍匐前進で花畑から這い出てきた。彼らは草やら泥やら、つなぎの汚れをみんな払い落とすと、ジープに倚《よ》り懸《か》かり、昼の休憩を取り始めた。

沖山の弁当箱には朝食の残り、鰤《ぶり》のあら煮とほうれん草のソテーが入っていた。彼はそれらのおかずをおむすびと交互に食べていたが、保田の方は、ピーナッツバターの塗られた食パンを何枚かたいらげると、煙草を取り出し、マッチで火をつけ、花畑の方を見ながら吸い始めた。

監督官――沖山は、おそらくは三番だと言い、保田は、いや四番だと主張したが、実際には一番であった——も、鞄から弁当箱を取り出した。水筒の緑茶を飲んでいるが、沖山や保田はそれを見ることができず、この仕事に就いてから随分経つというのに、番号によって中身が異なることなどついぞ知らずに職務をこなしていた。

監督官たちはいつも樹上で昼食をとる。この日も一番の監督官はブリキ製の双眼鏡を首から提げ、木に跨《また》がったまま両足をぶらぶらさせてバランスを取り、若鶏の唐揚げ、卵焼き、小松菜の和え物などを箸で口に運んでいた。

二本目の煙草を踵《かかと》で踏み消しながら、保田が言った。

「そろそろ天野の様子を見に行かないと」

沖山はつなぎの左胸の部分に描かれた幼虫のイラスト、とりわけ《thank you!》の吹き出し付近を人差し指で引っ掻きながら答えた。

「いつでも行けると思っていたけど、もう五日は経つからな」

「謹慎処分なんてこの十年で初めてのことだ」

「仕方ないさ。あれはひどかったから。本当は一羽も殺してません、なんて正直に言う奴がいるかな。監督官だって動揺していたよ」

「沖山も一緒に、というより俺も含めて、三人一緒に謹慎処分になっていてもおかしくはないくらいだ」

「天野はなんで正直に言ったのかね」

「耐えられなかったんだろう。あの日は一緒に朝飯を食べたけど、有休取るから今日はおまえの分まで殺せないって言ったら、一瞬、本当に泣きだしそうな顔してた」

「俺の認識が甘かったよ。今日こそ大丈夫なんじゃないかって思ってたけど、やっぱりだめだった」

「天野にも言ったけど、おまえら熱心に墓なんか拵《こしら》えてさ。さすがに良くないって。案の定、天野は一羽も殺せなくなっただろ。鳥打ちが鳥を弔ってどうするんだよ。カモメだって幼虫を食べるたび墓参りなんかしてたら、そのうち一匹も食べられなくなる」

「でも、墓をつくるって案外いいものだよ。俺は天野に付き合っているだけだし、あいつのように長々と黙禱《もくとう》を捧げているわけでもない。自分が殺した鳥にも同情なんてしてないよ。これっぽちも。だけど、そういうこととは関係なく、墓をつくるとすっきりするんだ。死骸を埋めて夕焼けを見て、月末に入る給料のことを考える。それでようやく一段落って感じなんだよ」

「昼に殺した鳥を夕方に埋めて、それですっきりするなんて、鳥に同情している証拠だろう。俺たちの仕事における一段落っていうのは、狙っていた鳥を毒矢で撃墜する、あの一瞬のうちに存在するんじゃないのか。獲物を仕留めた瞬間にこそ、俺は大きな達成感で満たされる。仕事の遣りがいは人によるのかもしれないが、俺が心配しているのは、いつかおまえまで鳥を殺せなくなることだ」

「それはないよ。俺は自分が何をしているのか知っているし、何をするべきなのかもはっきり理解している。いや、少なくともいつだって理解しようと努めている。俺は自分を見失いたくない。保田が鳥を撃ち殺す瞬間に手応えを感じているように、俺は自分のしていることを把握している瞬間、少なくとも把握していると思える瞬間にこそ、自分が生きていると感じるんだ。一日の終わり、日誌を書いている時間が何より大切だ」

「俺の理想はおまえとは反対だ。俺は覚醒よりむしろ眠りを大切にしたいと思っている。覚醒していること、自分と自分を注意深く切り離し、自分自身を観察して日誌に書く、それがおまえにとって大切なことなんだろうけど、おまえの理想とする状態は夢のなかで目醒めているような状態、すっかり目が醒めている、という夢を見ている状態に等しいんじゃないのか？　俺は誰より深く眠ってしまいたい。鳥を殺すという行為のなかに埋没して、自分と自分の関係なんてものは消え失せ、いつかこのからだが吹き矢の一部になってしまえばいいと思っている」

「それこそ狂気の沙汰だ。なんだ、その理想は。それこそ実現不可能な夢物語じゃないか。保田のからだが吹き矢の一部になったりしたら、悪いけれど友達をやめさせてもらうよ。気味が悪いからな、吹き矢人間だなんて」

沖山が笑いながら言うと、保田は、双方の理想が限りなく夢物語に近いものであり、二人して気狂いじみた不可能事に魅せられていたということについて、しばし思いを巡らせた。すると、鳥を殺せなくなったと素直に告白した天野のことが微笑ましく思えてきた。

「とにかく鳥打ちは三人揃っていることが重要なんだ。近いうちに『棺桶』に顔を出してみよう」

およそ保田には似つかわしくない言葉を聞いたため、沖山は少しだけ茶化すようにして答えた。

「十年ものの絆もここに極まれり、だな。天野には週末あたりに会いにいくとして、今夜は鳥たちの墓をつくるのを手伝ってくれよ」

真面目な顔つきを保ったまま、保田は言った。

「それだけは御免だ」

先ほどの茶化すような様子とは打って変わり、沖山は声を落とし、真剣さが伝わるような口調で言い直した。

「天野が悲しむからさ、頼むよ」

保田が深い溜め息とともに、見ているだけなら、と言いかけたとき、一番の監督官が昼食終了のホイッスルを吹き鳴らした。沖山は弁当箱をジープのなかに置き、保田は煙草の箱をポケットに突っ込んだ。それから二人は花畑のなかへ、匍匐前進でゆっくりと消えていった。

＊

ネルヴォサとロロクリット、二種類の植物に水遣りをしている天野は、両者の特性をよく見極めるとともに、間違っても幼虫たちにロロクリットを与えないよう、十分に注意しなくてはならなかった。

ネルヴォサの葉は幼虫の糧《かて》となり、その蜜は成虫の渇きを潤すが、ロロクリットの毒は海鳥の命を速やかに奪い去ってしまう。天野には、生き物の生と死を司る植物として、二つがちょうど対極にあるように思えていた。

ロロクリットは冬型一年草であり、春になると筒状の白い花を咲かせるが、六月が終わろうとしている今でもまだいくつかの花は残っていた。葉に触れただけで皮膚が爛《ただ》れることもあるため、ロロクリットの世話をするときには手袋をつけなければならず、ネルヴォサの世話をするときにはその手袋を外さなければならない。

ネルヴォサ、それからアレパティロオオアゲハの優美さに関しては、天野が音読を義務づけられていた『見聞記』第七巻（高柳章二訳、熊河書房、一五五ページ）から、新町長が就任して以来この港町には知らぬ者のいない、とりわけ有名な箇所を引用しておきたい。

続いて、この島に広がっている花畑について語らねばなるまい。その全景は筆舌に尽くし難く、風に運ばれてくる花々の香りはいとも甘く快く、通りかかった者は誰であろうと自分が海の近くにいることを忘れてしまう。香りはそれほどまでに人を惑乱させ、潮の匂いなどすっかり遠ざける。私は陶酔のあまり自分がどこにいるのか分からなくなるほどであった。

この花は、あるものは紫色の花を、あるものは黄色の花を、そしてまたあるものは緑色の花を一年を通して咲かせている。島を去るときになってから聞き及んだ話であるが、この島では死者を火葬する際、三色の花で拵えられた花輪を骸《むくろ》の首にかけてやるという。島民たちは異国の言葉と身振りとで伝えてくれたため、私は何から何まで正確に語っているわけではない。しかし、あの彩り豊かな花々、そして上空を舞っている蝶たちを前にして、そもそも私たちの言葉はどこまで頼りになるだろうか？

花に覆われた一帯を飛び回る、小鳥さながらに大きな蝶たちを初めて見たとき、私は、文字通り地上の楽園とでも呼ぶべきこの島にできるだけ長く滞在しようと決めたのだった。こうも思ったほどである、仮に天国に行けたとしても、あれらの蝶々が飛んでいなかったとしたら私は踵を返してしまうかもしれない、と。

夜になると天野は『見聞記』を読み始める。幼虫の世話に対しては最初から消極的であった彼も、アレパティィロ大王の著作は関心を持って読むことができた。子供の頃に少年文庫版で読んだきり、内容の方はほとんど忘れてしまっていたし、家に置いていた春日訳の版も、古めかしく硬質な訳文と重厚な装丁ゆえに再読を敬遠していた。しかし、いざ高柳章二の訳文で読み返してみると、これほどまでに興味深い作品だったのかと認識を改めずにはいられない。確かに、新町長の「正典に根ざした町づくりを」というスローガンは極端なものであるかもしれないが、純粋に読み物として楽しむならば、なるほど魅力的な冒険譚ではある。

誇張されている箇所も、まったくの空想によって書かれた箇所も、それぞれ少なくはないと思われる描写を読み進めながら、天野は、かつてはこの島に存在したが今では失われてしまった風習に思いを馳せる。そして、鳥打ちという職業もいつか何かの書物、つまりは新たな『見聞記』に書き記され、読者はそれを半信半疑で読むのではないか、とランプの灯のもとで想像を巡らせるのであった。

*

六月二十七日

沖山宏明

ウミネコ　一羽

カモメ　二羽
シロカモメ　一羽
ズグロカモメ　三羽
セグロカモメ　五羽
計　　　十二羽
今月の総計　　二百五十一羽
備考——ロロクリットの小瓶を落としたが、無事に発見。
　　以後は問題なし。

保田洋介《ようすけ》
アホウドリ　一羽
ウミネコ　三羽
オオズグロカモメ　一羽
オオセグロカモメ　三羽
カモメ　四羽

シロカモメ　二羽
ズグロカモメ　一羽
ネッタイチョウ　一羽
計　　　　　　十六羽
今月の総計　　二百八十三羽
備考――明日からは数を減らしていくものと思われる。

六月も終わりに近づいていたが、二人の仕事ぶりは相変わらず優秀であった。右に引用した監督官の手帳からも、その真面目さは十分に伝わってくる。

仕事の終わる夕暮れどき、沖山と保田の二人は監督官がジープで去っていくのを見届けると、海鳥の死骸を詰めた頭陀袋を担ぎ、北を目指して歩き始めた。

嫌々ながら墓づくりの手伝いをしていた保田であるが、沖山と天野が見つけた獣道を通れば誰にも見られずに済むため、この日もいくらか気を楽にして鳥たちの墓地に向かっていた。

ネルヴォサの花畑は草原の真ん中にあり、沖山と保田が歩いている獣道は花畑と草原の境を分けるようにして南北に伸びている。この道を北北東に進めば、最短距離で鳥たちの墓地に辿り着くことができた。

なお、架空の港町の中心部から鳥たちの墓地を目指す場合には、このような獣道を進む必要はなく、エルド小道——天野が上階に住んでいる酒場「棺桶」や、保田の住んでいるアパートが建っている——と並行に伸びているレネフ・アニュティ大通りを、五キロほど北東に進めばいい。

島民が眠る共同墓地の前まで来たら左に曲がり、ソロイ城を左手に見ながら獣道を歩き続ければ、沖山や天野がこれまで熱心につくり続けてきた鳥たちの墓地を見ることができる。砂地に幾千もの枝が突き刺さっている光景には絶句するかもしれないが、一本一本が鳥のための墓標であり、それぞれに哀悼の意がこめられている。

さて、黙々と歩いていた二人であるが、いつしか辺りには霧が立ちこめてきていた。足下からは土の香りが立ちのぼり、岸辺の方からは海鳥の鳴き声が聞こえてくる。沖山は蜘蛛の巣を手で払い、目の高さにある小枝を折ると、前方の茂みに向かって放り投げた。すると小動物の逃げ去る音が聞こえてきた。足音の大きさから、保田は、野良犬、野良猫、もしくは狸か何かであろうと見当をつける。

彼は歩きながら煙草に火をつける。吐き出された白煙は樹木の枝に絡みつくようにして漂い、数年前に煙草をやめていた沖山も、森の澄んだ空気と煙の匂いの入り交じるこのひと時のなかに安らぎを見出していた。

沖山が物音のした茂みをじっと見つめ、それから顔を上げたとき、保田は、そろそろ完全に日が落ちる、歩く速度を上げた方がいいかもしれない、と提案するつもりでいた。しかしその瞬間、雨粒が葉を叩く音が聞こえてきた。

揃って空を見上げると、雨脚はあれよあれよという間に強まっていった。頭陀袋の口を縛っている縄を握り締め、二人は一目散に駆け出した。


夕立に襲われながら獣道を駆け抜け、どうにか鳥たちの墓地に辿り着いた。その頃には雨は上がっており、二人は脱いだ花柄のつなぎを絞り、大量の雨水を砂の上に滴《したた》らせる。

保田は積極的には手を貸さず、傍観者としてその場にいようと努めていたが、埋葬のために穴を掘るときなど、要所要所でまたも手を貸してしまった。この一週間というもの、彼は自らの信条に反することに加担していたが、だからといって沖山を放っておくわけにもいかず、いつも葛藤を抱えながら砂地に佇んでいた。

沖山は天野の分まで鳥たちの死を悼み、長いあいだ黙禱を捧げていた。黙禱が終わると二人は引き返し、レネフ・アニュティ大通りを南西へ歩き始める。一時間ほど直進したのち左に曲がり、エルド小道に入っていった。この日は天野に会いに行くと決めていたのである。

二人はずぶ濡れのまま、天野の住む酒場を訪ねた。

＊

鳥打ちと漁師、酒場での実り多き対話

☆

場所

酒場「棺桶」

登場人物
沖山
保田
天野
二番の監督官
女主人
飼い犬
足折れ漁師
船無し漁師
居眠り漁師
旅行者

☆

薄暗い酒場、けだるそうに頬杖をつく女主人。三人の漁師たちと二番の監督官がカウンターに座っている。監督官は漁師から離れたところでラム酒を飲んでおり、テーブル席には疲れた様子の旅行者。その足下には店の飼い犬が寝そべっている。漁師たちは葡萄酒を飲んでいる。赤と白を一本ずつ。時おり酒臭い息を互いに吹きかけ、大きな声で笑い合う。旅行者、それを見るたびに心底嫌そうな顔。監督官は口笛を吹き、犬の気を引こうとするが、飼い犬は興味を示さず、くわっと大欠伸《おおあくび》。

女主人　今日もこの連中だけだ！　これじゃ明日にでも潰れちまうよ！

足折れ漁師　まあまあ、そう言いなさるな！　折れた左足に誓って言うが、この店、いずれ大繁盛間違いなしだ！

船無し漁師　そうとも、そうとも、いずれ間違いなしだ！

居眠り漁師　ぐうすか、ぐうすか、ぐうぐう。

女主人　あんたら一度でも金を払ったことがあるのかい？

足折れ漁師　足が治れば海に出る。そうすれば、いつでも返せるわい！

女主人　もう三年も折れたままじゃないか！

船無し漁師　俺だって、船が直れば海に出てやらあ！

女主人　もともと船なんか持ってやしないじゃないか！
居眠り漁師　ぐうすか、ぐうすか、ぐうぐう。
女主人　家で寝るんだね！　ほら、出ていきな！

扉を押して沖山と保田が入ってくる。二人は漁師と監督官の間に座り、それぞれウィスキーを頼む。飼い犬が尻尾を振りながら近寄ってきて、二人のブーツに咬みつこうとする。保田、旅行者と目が合い、犬の攻撃を避けながら会釈する。

女主人　（グラスを置いて）いらっしゃい。天野君なら二階にいるわよ。
三人の漁師　（居眠り漁師のみ寝言で）おっと、鳥殺し様のお出ましだ！
女主人　鳥殺しだろうが何だろうが、金を払ってくれるだけましさ！
三人の漁師　（居眠り漁師のみ寝言で）そのうち海に出てやらあ！
沖山　（保田に）いつもながらひどい酒場だ。
保田　天野と話したらすぐに帰ろう。ここにいると虫唾《むしず》が走る。
足折れ漁師　今日は何羽殺したんだ？　ええ？

保田　そりゃもう、たっぷり殺したさ。
沖山　（傍白）こんな奴ら、無視すればいいのに！
船無し漁師　それで、いくらになったんだ？　なあ、お願いだよ、今夜だけでいいから、
　俺たちにも奢ってくれよ。
沖山　（傍白）それ見たことか！
保田　仕事辞めたら人間こうなるっていう良い見本だよ、おまえらは。
足折れ漁師　折れた右足に誓って言うが、俺はまだ漁師を辞めてはいない！
船無し漁師　それより奢ってくれよ、鳥殺し様。なあ、頼むよ。
保田　（沖山に）さっさと天野に会うとしよう。
沖山　（女主人に）あの、天野を呼んできてくれませんか？
女主人　はいはい、お安い御用だよ。
飼い犬　クーン、クーン、ワン、ワンワン！

女主人、奥の階段を上がっていく。飼い犬、その後を追う。

旅行者　（傍白）噂には聞いていたが、こりゃあんまりだ！　この港町、もう長くはないな。嫌だね、嫌だね、こんな町は。

二番の監督官　（傍白）謹慎生活が始まってから最初の接触、新町長殿へ報告の義務あり。鳥打ちの職業意識の高揚を狙い、漁師たちとの摩擦を緩和させ、それから、それから……

旅行者　（傍白）明日は、花畑まで鳥打ちの様子を見に行き、昔ながらの魚市場に足を運び、海産物を土産に買うぞ。それが済んだら即刻、国に帰るとしよう。こんな酒場で飲むのはもうたくさんだ。

二番の監督官　（傍白）天野氏が漁師たちと意気投合することだけは避けねばならぬ。私の職務は、天野氏に謹慎中の規則を遵守させ、新町長殿の計画に狂いが生じぬよう……

天野、女主人、飼い犬の順で階段を下りてくる。天野は沖山と保田の間に座り、女主人はカウンターの向こうに、飼い犬は旅行者の足下に、それぞれ収まる。

天野　（ビールを受け取り）久しぶりだね。今日も鳥たちを？
保田　そりゃもう、たっぷり殺したさ。
足折れ漁師　外道め！　畜生め！　次は俺たちを殺そうってのか？
保田　（鞄を漁り）この毒矢を使ってな！
船無し漁師　ひいい！　ひいい！　どうか、お助けを！
二番の監督官　落ち着きたまえ、落ち着きたまえ、諸君。
天野　（声をひそめて）今日もお墓に埋めてくれたかい？
沖山　ああ、保田も手伝ってくれたよ。
保田　俺は手伝ってないだろう。
天野　なんにせよ、乾杯だ！
三人の鳥打ち　乾杯！
三人の漁師　（居眠り漁師のみ寝言で）俺たちだって、乾杯だ！
飼い犬　ワンワン、ワーン！
旅行者　ひっ、急に吠えるんじゃない！

監督官、大袈裟に咳払いをしながら立ちあがる。

二番の監督官　謹慎中の規則は忘れていないでしょうな！

天野　もちろん、忘れてなどいません。

沖山　規則ってなんだ？　そんなものがあるのか？

保田　朝晩の酒場掃除だとか、そんなところだろう。

女主人　そうだったら、私も助かるんだけどねえ。

二番の監督官　これより規則のおさらいをする。私の後から繰り返すこと！

天野　はい、分かりました！

保田　（沖山に）よし、俺たちも繰り返そう。

沖山　そんなの嫌だよ。酔っ払っているのか？

二番の監督官　一つ、謹慎期間中、天野氏はアレパティロオオアゲハの幼虫の世話をしなくてはならない！

天野　一つ、謹慎期間中、僕はアレパティロオオアゲハの幼虫の世話をしなくてはならない！

保田　一つ、天野はぷるぷる天使ちゃんの世話をすること！　夜が来たならば、熱き接吻でもって彼らを眠りの国に導いてやること！
沖山　（保田に）どうしたんだよ、そんなふうに突っかかったりして！
二番の監督官　（保田を睨みながら）二つ、謹慎期間中、天野氏は幼虫の世話だけでなく、その餌であるネルヴォサの水遣りも怠らないこと！
天野　二つ、謹慎期間中、僕は幼虫の世話だけではなく、その餌であるネルヴォサの水遣りも怠ってはならない！
保田　二つ、天野は天使ちゃんのご飯だって作ってやんなきゃだめだ！　愛は花畑を救う！　すべては一人前の鳥打ちに生まれ変わるため！
沖山　（傍白）どうしたんだ、保田のやつは。まだ一杯しか飲んでないのに、あんなになって。
二番の監督官　（声を張り上げ）三つ、謹慎期間中、天野氏はただの一度も外出してはならない！　食事や友人との接触はこの酒場でのみ許可する！
女主人　いい規則だわね。なんせうちが儲かるからねえ。
天野　三つ、謹慎期間中、僕は外出してはならない！　食事も友人との接触も、この酒場でのみ可能である！

保田　（酒場全体に響くような大声で）三つ、天野は何があろうと酒場から出るな！　おかみさんの不手際で火の手が上がり、この酒場が燃え上がろうとも、天使ちゃんと一緒に死すべし！　鳥打ちたる者、幼虫とともに生き、幼虫とともに死ぬこと！

女主人　縁起でもないこと言うんじゃないよ！

飼い犬　（何かを哀願するように）クーン、クーン！

足折れ漁師　（沖山と保田に）なあ、鳥殺しさんよ、彼はどうして謹慎なんてしてるんだ？

船無し漁師　毎日この酒場に入り浸っている俺たちも、ある意味じゃあ謹慎中のようなものだがね！　は、は、は！

沖山　彼、とうとう鳥を殺せなくなってしまったんです。

保田　（沖山の酒を飲み干して）まったく、気の弱いやつでしてね！　俺なんて鳥を殺すために生まれてきたってのに！

居眠り漁師　（寝言で）鳥を殺せない鳥打ちは漁師になればいい……

足折れ漁師　まったくもって同感だ！　折れた左足に誓って言うが、彼こそ漁師になるべきだ！

船無し漁師　海鳥思いで酒場通い、なるほど、たしかに俺たちの仲間だ！

三人の漁師　（居眠り漁師のみ寝言で）おお、新しき仲間よ！　契りを結ぶべき、心優しき友よ！　連れ立って海に出ようではないか！

沖山　（傍白）それで今度は船の上で宴を繰り返すというわけか。だからこの町の漁師は苦手なんだ。俺だけでも起きていなくっちゃ。

保田　（傍白）それにしても、さっきからひどい規則ばかりだな。だけど天野のやつにはちょうどいい。規則に従うことで生まれる自由だってあるはずさ。

二番の監督官　（傍白）酒場に漁師たちがたむろしていることまでは、新町長殿も考慮していなかったのであろう。漁師たちに感化され、天野氏が海に出るようなことがあってはならぬ。

旅行者　（犬を撫でながら）おまえはいいよな、無垢さ、可愛いワンワン。

飼い犬　（くつろいだ様子で）ワン……

二番の監督官　（ほとんど叫ぶようにして）四つ、謹慎期間中、天野氏は『見聞記』第七巻を音読してから眠ること！　そして謹慎明けにはごく短い論考を提出すること！

天野　四つ、謹慎期間中、僕は『見聞記』を音読してから眠らなくてはならない！　論考の提出義務もあり、これもまた怠ってはならない！

保田　（沖山に）いくらなんでも、これは悪趣味だな。

沖山　まったくだ。ここまでする必要はないよ。

二番の監督官　（ぜいぜい言いながら）五つ、謹慎期間中、天野氏は吹き矢の点検と練習、およびロロクリットの世話も怠ってはならない！

足折れ漁師　（監督官の言葉を遮って）ええい、黙れ、黙れ！　この青年はもう鳥を殺したくないんだってよ！　吹き矢なんぞとっとと捨てさせて、新しく釣り竿を買ってやるんだな！

船無し漁師　そうだそうだ！　ついでに俺にも船を買ってくれ！　新町長の犬め！

二番の監督官　なっ、なんだと！　このごろつきどもめが！

旅行者　（勘定を机に置いて）どうも喧嘩になりそうだ。さっさと逃げるに限るよ。さようなら、可愛いワンちゃん！

旅行者、荷物をまとめて店から出ていく。飼い犬、彼の後を追おうとするが、女主人によって止められる。

保田　そうだ、言ってやれ！　天野は漁師になんかならないが、俺たちの仲間を守ってやってくれ！

沖山　（保田に）いったい誰の味方をしているんだ？　さっきから言ってることが滅茶苦茶だ。おまえらしくもない！

保田　俺は鳥打ちという職業と、生まれ育ったこの島の味方さ！

沖山　なんだって？　ますます分からないな！

居眠り漁師が眠ったまま監督官に殴りかかる。監督官も果敢に応戦するが、三人の漁師に羽交い締めにされ、たちまち身動きが取れなくなる。苦しそうな顔はみるみる真っ赤になっていく。すると、犬が駆けてきて、選り好みせずに咬みつく。争いは諫《いさ》められ、双方痛み分けの決着を見る。

女主人　喧嘩なら外でやってくれ！　さあさあ、店じまいの時間だよ！　金を置いて
さっさと帰りな！
飼い犬　（誰よりも勇ましく）ワンワン、ワーン！

＊

沖山と保田は七月に入ってからも頻繁に遊びに来て、仕事の話をしたり漁師たちと言い争ったりしながら天野を元気づけてくれた。しかし二人が翌日の仕事のために帰っていくと、決まって眠れぬ夜夜との闘いが始まるのであった。

瞼《まぶた》は十分に重くなっているというのに、頭を満たす想念はやけに活気づいており、考えごとは思わぬ地点に飛躍し、気がつけば自分が何について考えていたのか分からなくなるような夜——この夜もまたそうであった——、天野は机に置かれている『見聞記』を手に取り、眠りを求めて読み始める。

眼差しは文字を飲み込んでゆき、読んだばかりの文章が、頭のなかにアレパティィロ大王

の歩いた島の情景を描き出す。そうして出来上がったおぼろげな像は、現在の島の様子と比較され重なり合い、再び開かれたページの表面へと戻っていく。

私たちの海図と彼らのそれを照合してみると分かるが、この島は東の海を二千マイル以上も進んだ先に浮かんでいる……島は一つの独立国であり、賢王の統治のもと……幸運にも今のところは他国からの干渉を受けずにいる……私は石造りの要塞を建設するよう助言した……眠くなってきた天野は花畑を思い描きながら、漂着した大王の視点からそれを眺めてみようと試み、ベッドの上で目を瞑る。もういちど瞼を開き、それから十六ページほど前に戻ってみる。

大嵐の勢いは凄まじかった……私の船は立ちどころに部下の船隊から剝がされ……いくつかの船は黒い渦に飲まれた……雷落ちる大海で制御不能となり……雷鳴に耳を聾《ろう》され……皆の悲鳴も遠のき……幾日過ぎたのか定かではない……ある日、目を覚ますと、私は幾人かの水夫とともに島の西側の海岸に横たわっていた……船の残骸を片付けている島民たちの姿が見えた……西側の海岸というと、あのあたりだろうか……『見聞記』に書かれている舞台を鮮明にすべく、天野は十三世紀末の島を細かなところまで蘇らせようとする。外出を禁止され、彼はしばしば想像世界における散策を楽しんでいた。そして、この夜は西側の海岸沿いを歩くことにした。

　中央広場から島でただ一つの小中学校へ、小中学校から漁港と魚市場へ、浜辺から入り江へ、彼はどこまでも歩いていく。アレパティロ大王が漂着したのは、もしかしたらこのあたりだろうか？　いちど足を止めてしまうと、心象風景の形成も終わりとなる。気がつけば彼はベッドに腰掛けている。しかし、今度こそはと思い、再び『見聞記』のページをめくり始める。二十八ページほど先に進む。

　広大な花畑の噂を聞き、隣国も幾度かこの島の征服を企んだが、巧みな外交政策によって難を免れてきた……本土のことだと思い、歴史の授業のことを思い起こす……僕も保田も本土には行ったことがない……沖山は本土の出身だ……彼は本土について思い出話をする……気候の話……食事の話……記憶の水脈を辿り続け、やっとの思いで突き止めた水源に錨《いかり》を投下すると、天野のからだもまた、鉄製の錨とともに湖の底へと沈んでいく。眠りが訪れ、書物は床に落ち、ばさりと音を立てた。

＊

毎晩、眠りに就く前には音読を欠かさなかったが、どんなに骨を折ろうとも論考を書くことができずにいた。

謹慎生活も半分以上が終わり、すでに七月の半ばに差し掛かっていた。幼虫たちは蛹になる直前にあり、このまま順調に育ってくれれば八月の頭には成虫のかたちで提出できそうだった。吹き矢の手入れも怠らなかったし、ロロクリットの毒液も備蓄できていた。ネルヴォサも可憐な花を咲かせており、葉の緑はどこまでも瑞々しい。論考さえ完成すれば、いつでも鳥打ちとして復帰できる。

しかし、どうしても書き上がらない。義務づけられていた範囲の音読だけでなく、指定外の範囲まで目を通していたというのに、まるで心身が謹慎を終えることを拒んでいるかのようだった。

巻末の解説ですべて言い尽くされているのではないか。そう思いながらもペンを執り、簡潔な考察を書こうとする。しかし、その瞬間に彼のからだは水気を失い硬化する。腕の関節は滑らかに動かなくなり、ほんの少しの文章も紙には流れていかない。言葉は舌の上で脆《もろ》くも崩れ去り、書こうと考えていたこと、書けたらいいのにと望んでいたことは、開け放たれた窓から外界へ煙の如く流出してしまい、彼は執筆を諦めざるを得なくなる。

ある夜、突発的な高熱が天野を襲った。机に頬杖をつき、インクの匂いを発している『見聞記』に目を遣りながら、時には何事かを紙に書き綴り、時には声に出して文章を読む。そうして夜の深まりゆく時間を過ごしていたが、どのような題目を設定してみても、まとまった文章の書ける展望は開けず、彼はつくづく途方に暮れていた。

多様な主題が姿を見せてはそのたびに破り捨てられ、部屋には観念の屑ばかりが堆積していく。器用に補助線を引けるような知識も持ち合わせておらず、斬新な切り口など提示できようはずもない。

新町長は何を望んでいるのだろうか？　復職のための文章を書けばいいのか？　自由に、好きなように、感性の赴くままに？　反省文ではない以上、謝罪も弁明も必要ないのだろうか？　それで、結局のところ何を書けというのか？　巧妙に反省の意を滑り込ませておくことが、そうは言っても必須条件であるように思えるのだが。

書くことそのものは容易《たやす》いはずだ。しかし、それでは書き損じているという印象が絶えず付きまとうのはなぜなのか。毎夜、大きな失意とともに自分の書いた文章を読み返すのはなぜなのか。一行、また一行と書くたびに、取り返しのつかない失敗をしていると思わせるもの、その正体、その原因は何なのか――天野は考える。

徐々に意識は混濁していった。最初は心労のせいだと思っていたが、どうも様子がおかしい。夏の夜であるというのに、寒くて仕方がない。

立ち上がり、上着を着込むため、隣の部屋にある衣装簞笥の方へ歩き始めるも、思うようにからだが動かない。もしや熱が出ているのではと疑ったときにはすでに遅く、部屋の色調はがらりと変わり、いつの間にか優しげな暖色が遠のき、寒色のものばかりが目に留まる。

あらゆるものが光と熱に見放された部屋のなか、天野は床に倒れ臥し、がたがたと震え始める。やっぱり発熱しているんだ、と考える、目星をつける、覚悟を決める。随分と昔、まだ小学校に通っていたとき、四十一度を超える熱を出したことがある……体温は上昇していたのに、からだは寒さに震えていて……そうだ、セーターにセーターを重ね、その上にまたセーターを着て、そうして布団をかぶり、震えていたんだ……僕はこの感覚を覚えている……よく覚えているぞ……そう、この汗の冷たさだ、この骨たちの震えだ、よく覚えている。

幼虫たちの葉を齧る音が部屋中に響き始めた。部屋はそれまで静けさに満たされていたが、葉の破れる小さな音は一向に鳴り止まず、さながら室内に雨が降っているかのようだ。

しかし、それらの音が幻聴に過ぎないことは分かっている。昼行性の幼虫たちがこの時間に起きているなど、およそありそうにない。これは幻聴に違いない、そう思えば思うほど、ぱちぱち、ぱちぱち、と鳴り続ける神秘的な雨音は、頭のなかでいっそう大きくなっていく。

幻の立てる雨音は鳴り止まず、その他の音はすべて聞こえなくなる。天野は転がり身悶えし、どうにかしてこの不吉な音を追い払わなければならないと思い、耳を塞いでみたり、床をこつこつ叩いてみたりするが、それでもどうにもならず、からだは幼虫たちの音楽によって風船の如く膨れあがる。

悪寒に身を震わせ、幻聴に慄然としながらも、心までは奪われぬよう精神を研ぎ澄まし、いかにしてベッドの上に移動すればいいのか思い悩みながら、決死の抵抗を試みる。どのような手段を用いても幼虫どもを黙らせなくてはならない。

しかし抵抗も虚しく、彼は幻と冷気にすっかり飲み込まれてしまった。からだは床の上で一枚の葉っぱと化していた。十二匹の幼虫たちはそれぞれ猫ほどの大きさにまで成長しており、緑色の巨大な葉となった天野のからだを齧り続けている。

相変わらず雨音が響いていた。ぱちぱち、ぱちぱち、と。自分のからだが食べられ小さくなっていく、その音を、自らの耳で聞いている。いっそのこと誰かが僕のからだに火をつけてくれたらと考え、幻のさなかに夢を見始める。

からだはおのれを守るため、緑色の葉であることをやめて銀色の石となる。幼虫たちにも、もうそれ以上齧ることはできない。いつしか雨音も鳴り止み、部屋のなかでは小さな太陽が生まれつつあった。銀色の石は太陽光を反射し、部屋中にその分け前を行き届かせる。立ちどころに暖色の勢力が寒色のそれを追い払い、先ほどまでは寒さに震えていた天野であったが、からだの震えも自然と治まっていった。

そうしてこの夜は、どうにか高熱をやり過ごした。

*

一ヶ月半の謹慎期間はあっという間に過ぎていったが、それは、相変わらず花畑で海鳥を殺し続けていた沖山と保田、そして常に千鳥足で歩いていた酔いどれたちにとっての時間であり、実際に諸規則を守り、ごく限られた範囲での生活を余儀なくされていた天野には、いつ終わるとも知れぬ一ヶ月半だった。

夜毎の発熱という問題もあった。論考に取りかかろうとするたび高熱に蝕《むしば》まれるようになってしまい、七月の下旬は半覚醒、朦朧《もうろう》とした状態で過ごさざるを得なかった。

そして七月の終わりのある夜半、謹慎明けはもう間近であったが、天野は夢うつつのうちに、港町の北に広がる浜辺、かつてアレパティロ大王の漂着した西の海岸を歩いていた。漁師が追い出され監督官が帰路につき、女主人と犬が眠りに就いた頃、部屋の窓からこっそりと抜け出したのだった。

満月の注ぐ光を砂浜が照り返しており、真夜中であるというのに足下は明るい。浜辺を行進するヤドカリの大群もまた、銀白色の殻でもって月光を反射させている。

互いの殻が擦れ合う瞬間に鳴る、こつり、こつり、という音は、砂を踏みしめる足音と時に調和し、時に相争い、天野に不可思議な陶酔をもたらす。打ち寄せる波に意識が攫《さら》われそうになるたび彼は、手入れをし続けてきた吹き矢の筒を握り締め、歩くという行為——からだの動かし方であったり、砂地の起伏であったり——に、いっそう注意を向けようとする。

左肩に吹き矢を担ぎ、右手に木箱を持ち、砂浜を歩く。育てあげた十二個の蛹が木箱のなかで揺れている。アレパティロオアゲハの蛹は帯蛹《たいよう》であり、帯糸によってネルヴォサの枝に身を預ける。しかし、木箱のなかを転がる蛹たちは帯糸の輪を外され、小枝からは引き離されてしまっている。せっかく育てたにも拘わらず、羽化に支障を来してしまうはずであるが、天野は、そんなことは構うものかといった様子で波打ち際を歩く。

謹慎生活の情景が波立ち消えていく、幼虫たちは目醒めると身を震わせ最初の糞をする……遍《あまね》く照らす陽光が腸を刺激し排泄を促す……緑の葉を齧る音は不規則であるというのに、来る日も来る日も聞き続けていたせいで、そこにはありもしない規則性が見出され……いつしか幼虫たちが何かを訴えかけているかのように聞こえ始める……僕は病に冒されたのだろうか……触ってみると彼らは強烈な臭いのする肉角《にくかく》を出す……身を守ろうとする……しかしカモメにはあまり効果がない……金色の五齢幼虫は蛹に変わる前に下痢をする……ぽろぽろしたのとは違う水気を含んだ糞……下痢便のあと、幼虫たちのからだは透き通って見える……ますます美しい飴のよう……蛹になるための準備が整ったという証……お気に入りの枝を見つけた幼虫は糸を吐いて台座を作る……からだをしっかり固定しなければ羽化に失敗してしまうから……台座の次は帯糸だ……糸で輪を作りそこに半身だけ潜らせる……そのままの体勢で二、三日かけて蛹になる……最初に頭の部分が破れ、新しい自分が顔を覗かせるという……本当だろうか……昔の自分はもう必要ないってことか……身を揺すり、用済みになった殻なんて地面に落っことしてしまう。天野の運んでいる蛹は羽化を間近に控えたものであり、翅の模様が透けていた。なぜそれを小枝から外してしまったのだろうか。一体どこに蛹たちを運んでいるのだろうか。天野には自分のしていることが分かっているのだろうか？

幾度も読んだ『見聞記』の一節が不意に思い浮かんだりもしたが、『見聞記』には夜の島を描写した箇所がなかったため、アレパティロ大王の眺めていた朝昼の島と今歩いている夜の浜辺の間には埋め難い溝があった。心に蘇る『見聞記』の文章は徐々に短くなり、虫食いがそこかしこに生まれ始める。

天野は頭のなかで『見聞記』を書き替えるようになる。指定された論考は書くことができなかったが、新しい書物を織り上げるようにして、この島を書き直すことならできるかもしれない。彼は歩きながら十三世紀末の昼の浜辺を塗り潰し、今こうして一歩一歩と踏みしめている、夜の浜辺の色へと塗り替えていく。

眩《まばゆ》い昼を演出する副詞と形容詞を暗澹《あんたん》たる夜のそれと交代させ、歓びに打ち震えるアレパティロ大王の胸中は、不安と恍惚の混交する自らの胸中と重ね合わせ、互いに区別がつかなくなるまで掻き混ぜる。

アゲハチョウの舞う昼はヤドカリの這う夜と混じり合い、過去は現在に、現在は過去に、砂浜を歩く天野は王となり、書物のなかの王は天野となる。世界は書物に織り込まれ、書物は世界のなかに姿を隠し、そして天野は鳥打ちであることをやめる。

彼は木箱のなかを見つめる。自分のなすべきことが、生涯で初めて心の奥底から浮かび上がってきた。左手に握っていた吹き矢は新しい役目をあてがわれ、まっすぐ歩くための杖と化した。月明かりも天野の変容を惜しみなく手伝う。青白い歓喜の光は呼吸するたび彼のからだに入り込んできて、古くなった用済みの自己を追い出していく。

自分は間違ってなどいなかった。行くか否か当初は決めかねていた場所を目指し、彼は砂浜を歩き続ける。ヤドカリの大群も天野の戴冠を祝福しているようで、互いに殻をぶつけ合い、素朴な拍手の音を響かせている。

天野は心のなかで沖山や保田に別れを告げ、それから礼を言う。二人の言っていたことが思い起こされる。

沖山は言っていた、自分のしていることを常に知っていなくてはならない、と。

保田は言っていた、自分のしていることを知っているだけでなく、仮にそこに矛盾が見られたとしても、迷うことなくそれを遂行しなくてはならない、と。

そしてこの夜更け、天野は自分が遂行しようとしていることをはっきりと知っていた上に、なおかつそこに自分の生きる理由を見出してさえいた。

砂浜が途切れ岩場を歩くことになった。海岸には切り立った岩が立ち並んでおり、それらの岩には白と黒の縞模様があしらわれている。足場が悪くなってきたが、杖となった吹き筒はなおも助けてくれた。

時にはよろけることもあったが、転びそうになるたび岩肌に手をつき、ざらついた表面を一撫でする。そして木箱を守りつつ再び歩き始める。

空の白み始めてきた頃、ようやく入り江が見えてきた。少し重いけれど鳥打ち用のブーツを履いてきてよかった、と思う。

入り江の奥まで来ると、波の浸食作用が形成した岩の洞窟に入っていき、酒場のテーブルからくすねてきたオイルライターをつける。

ライターの火によって、それまでは白い塊でしかなかった鳥たちの姿がぼんやりと浮かび上がってくる。この洞窟は海鳥たちの寝床になっており、天野は彼らに会うためにここまで歩いてきた。

海鳥たちが一斉に警戒心を露わにしたので、天野は吹き矢を岩壁に立てかけ敵意のないことを示すが、もちろん海鳥たちは彼を信用しない。人間であるばかりか今の今まで鳥打ちだったのだから、信用などできるはずもない。

もしも天野がこの場にいるすべての海鳥を毒矢で殺し、十二匹のアレパティロオアゲハの成虫、そして『見聞記』についての論考とともに、亡骸を新町長に献上したならば、監督官たちも胸を撫で下ろしたことだろう。しかし天野はあろうことか、警戒を怠らない海鳥たちに、これまで大切に育ててきた十二個の蛹をすべて捧げてしまった。

一羽のカモメが恐る恐る木箱の方へと近寄ってきた。天野は蛹の一つを取り、両手を合わせて皿のようにすると、カモメの眼前にそれを差し出した。カモメは嘴を突き出して蛹を食らい、その場で軽く羽ばたいてみせた。他の海鳥たちも天野の傍にやって来て、蛹をねだるようにしてからだを揺すり始める。いくつもの嘴がガラス製の蓋を叩く。

残りの十一個の蛹を取り出して、その場にいた海鳥たちに与えてやる。幾羽かの鳥はとうとう蛹を食べることができなかったが、天野はまたやって来ることを約束し、夜明けとともに洞窟を出ていった。

Ⅳ　もう一つの花畑が誕生する

薄闇のなかで両の瞼を開き、ベッドから身を起こすとすぐに、壁に立てかけてある吹き筒を手に取る。矢を入れぬまま息を吹き込んでみたり、あるいは布切れで磨いてみたりする。保田はこれまで毎朝そうしてきたし、これからもこの習慣が変わることはないだろうと思っていたが、このところ、以前ほど熱心には朝の日課をこなせなくなっていた。

依然として仕事の後には丹念に手入れをしていたものの、朝に限って言えば、どういうわけか今までのようには仕事道具に触れることができない。几帳面な沖山でさえ週に三度しか手入れをしておらず、取り立てて気にする必要はなかったかのもしれない。しかし、保田は自らのうちに生じている変化に戸惑っていた。

ここしばらくの彼は、監督官の運転するジープが草原を抜け、前方に現われた花畑からネルヴォサの香りが漂ってくるその瞬間まで、心ここにあらずといった体《てい》でいることが多かった。

かつて二人が天野を心配していたときのような口調で、沖山は保田に、おい、大丈夫なのか、と聞くのであるが、花畑に着いてしまえば染みついた技術は決して裏切らず、保田は心配など無用であるかのように、何羽もの海鳥をあっという間に仕留めてしまう。

保田が気にかけていたのは無論、姿をくらました天野のことだった。沖山とあちこち探してみたが、どうしても見つけ出すことができない。天野とは幼馴染みでもあった保田は、失踪について誰より心配しており、それが日々の振る舞いにも影響を及ぼしていた。

沖山も天野の失踪には動揺し、こうして保田とジープの後部座席に腰掛けている現在も、両足のブーツの紐はほどけたままになっていた。さらにはこの朝も朝食の準備に失敗してしまい、いくらかましな方の卵焼きを母親に譲ったため、彼自身は丸焦げになった方を食べていた。

天野の不在は鳥打ちのみならず監督官の行動にも影響を及ぼしていた。三番の監督官のジープは草原を蛇行し、むやみやたらと泥を跳ね上げては、煙草に火をつけようとしている保田に乗り越え難いほどの試練を与える。

謹慎期間の終わり、天野は提出を義務づけられていた十二匹の成虫および『見聞記』についての論考ではなく、その代わりに託されていたネルヴォサの鉢と辞表を提出したのであった。

辞表には「十二匹の成虫は責任を持って花畑に放しておきました」と書かれていたものの、実際には幼虫たちは蛹の段階で海鳥に捧げられており、希少種であるアレパティロオオアゲハをそのように扱ったことが発覚すれば、処罰を免れることは不可能である。

沖山と保田はジープに揺られながら、失踪の件には触れず、さも興味ありげに仕事の話をしていたが、その様子はあまりにぎこちなく、まるで花畑のなかに天野の姿を探しているかのようだった。

＊

九月も半ばを過ぎた。八月と九月、そして八月に産みつけられた卵が蝶となる十月初旬は、この町が最も賑わうシーズンであるというのに、年を追うごとに観光客の数は減っている。

ただしそうは言っても、この時期の花畑にはやはり、恋人たちや家族連れ、それに蝶の愛好家たちが集まってくる。そうした人々の好奇の眼差しに晒されながら、沖山と保田は日々の仕事に勤《いそ》しんでいた。

沖山は人々の見ている前で鳥を仕留めることを好んだが、それは第三者の視線を感じることで、自分の仕事にいっそう確信を持てるようになるからだった。反対に誰も島を訪れない真冬になると心細い気持ちになるため、日誌を精緻に書き綴ることによって自らを二つに切り分け、どうにか他人の視線を補おうとした。

監督官の視線も沖山にとってはいくらか心地よいものであり、天野がいた頃には手助けを妨げる監視の眼差しでしかなかったブリキの双眼鏡からの視線も、今では仕事を見届けてくれる是認の眼差しとなり、落ち着かない気持ちを和らげてくれていた。

一方、保田にとって観光客は仕事の邪魔でしかなかった。毒矢の命中した鳥が花畑に落ちてくる瞬間にあがる歓声、嬌声、あるいは非難、悲嘆の声などが鬱陶しく感じられ、彼はオフシーズンこそ理想の季節だと確信していた。

ところで、観光客の行き交う架空の港町で、天野はどこに消えてしまったのであろうか。沖山は、天野は本土に渡ったのではないかと考えていたが、それは本土出身であり、鳥打ちの仕事を見つけてから島に移り住んできた彼らしい、いかにも楽天的な考え方であった。島出身の者が本土で仕事を見つけることなどただでさえ難しいというのに、十年ものあいだ鳥打ちをしてきたあいつが独力で新しい職にありつけるはずがない、そう考えていた保田は、天野は酒場で仲良くなった漁師の伝《つて》で船に乗り込み、海に出たのではないかと考えていた。

実際のところは両者ともに予想を外しており、現在天野は、架空の港町からレネフ・アニュティ大通りを北東に進み、最初の十字路を左に曲がったところにある、リュトリュクという名の町に住んでいた。

リュトリュクは二百メートル四方ほどしかない小さな町であるが、正式に町として認められているわけではなく、地図の上ではあくまでも架空の港町の一区画、リュトリュク通りの周辺地域として存在している。

通りの近辺に立ち並ぶ安宿、酒場、ずさんな計画に基づいて建設された老朽化の進む住宅団地、そういったものの集まりを一つの町と呼ぶようになったのは、およそ六十年前のことであった。

確かに、新町長による花畑計画の煽りを受け、もともと絵空事のような人生を生きていると考えていた漁師たちの生活は、ますます自堕落な様相を呈することになった。しかし彼らも時には海に出ていたし、漁師の半数は今でも真面目に仕事に取り組んでいる。一部の酔漢の素行が目につくものの、依然として架空の港町では漁業が盛んだった。

保田は腕の立つ漁師への賞賛を惜しまなかったし、酒浸りの漁師を毛嫌いしていた沖山も、魚を届けてくれるような交流ある漁師とは仲良くしていた。漁師たちにしても同様であり、鳥打ちという職業を蔑視していたにせよ、しばしば港町の酒場では、保田の腕前を聞きつけた鮫捕りが、海に出て銛《もり》打ちをやってみないかと勧誘する光景も見られた。

漁師たちはすっかり腑抜けてしまっていたわけではなく、鳥打ちに島の象徴としての役回りを奪われてしまったことに意気阻喪《そそう》していたのである。島の伝統を長らく支えてきたという誇りが強かったからこそ、彼らは鳥打ちに対する敵意を露わにしつつ、長らく夢見心地の生活を送っていたのだと言える。

しかし、天野が住むことを決めたリュトリュクという町は、架空の港町の深奥とでも呼ぶべき界隈であり、町長がどれだけ目まぐるしく交代しようと、漁師たちの伝統が復活しようと、あるいは蝶と花畑の人気が盛り返そうと、そこに住む人々が現在送っているような真に夢想的な生活から抜け出るなど、およそ考えられることではない。

通りの人々は港町のなかに住みながらも、ある種の異邦人のようにして生きていた。安酒場で飲んだくれることを好む漁師たちも、リュトリュクの酒場には足を運ぼうとしない。

そこで酒を飲んでいる自分の姿を想像することさえできず、同じ島に住んでいるというのに、両者はそれほどまでに異なる文化圏に生きていた。

すでにして奇妙な架空の港町で、どうしてリュトリュクは特に異質な町として敬遠されているのであろうか。長らく本土から無視されてきた架空の港町、かつては港町の象徴だった漁師たち、新たな象徴として君臨する蝶と花畑、それを縁の下で支える鳥打ちたち、そういったものすべての下位に位置づけられている、というより完全に放擲《ほうてき》されてしまっているリュトリュクとは、一体どういった町なのであろうか。

端的に言うならば、そこは「架空の港町」という名前の効力が最も強く及んでいる地域なのである。本土の人間がかつて港町を指して「架空の港町」と呼んだように、架空の港町の住民は通りのことを「架空の通り」として認識しており、漁師たちはおろか新町長のような権力者たちも、この界隈のことはまったく意に介していない。

そればかりか、ここの住人もまた、自分のことをあまり気にかけてはいない。酔いどれたちの生き方は、どうせ架空の人生を生きているのだから、といった意識的な居直りに他ならなかったが、リュトリュクの人々は起きているにせよ眠っているにせよ、まるで無遊病者であるかのような生に身を置いていた。

例えば、リュトリュクの人々は朝になると、通りの突き当たりにある職業安定所へと出かけていき、職員たちと話し合い、その日の「職業」を決める。ある者は裁判官となって家庭裁判所に出かけていき、ある者は自動車の修理工となって溶接の練習を始め、そしてまたある者は酒屋の店主となる。

なかでも人気の高い職業は司祭や僧正《そうじょう》などの聖職者であるが、そうした高貴な仕事は一年のうち一度でもありつければいいほうで、多くの者はその日限りの敬虔な信徒となり、割り当てられた仕事を黙々とこなすのが常だった。

そして、正規の仕事ではない裏の仕事を斡旋する者たちも界隈を訪れ、およそ仕事とは呼び難い仕事をその日の職にあぶれた者たちに与える。

野良犬であったり、野良猫であったり、猿であったり、山羊であったり、はたまた栗鼠《りす》であったり、そうした動物たちに変身する仕事が大半であるが、動物を職業と呼ぶか否かは議論の尽きぬ争点であった。漁師や鳥打ちに殺されてしまう虞れがあるため、魚類や鳥類の仕事を斡旋することは時に取り締まりの対象となった。

裏の仕事を引き受け、巧妙に動物となったリュトリュク人たちは、路地を縦横無尽に駆け回る。この界隈を抜け出してソロイ城の近くまで足を延ばし、観光客から餌をもらってくることさえある。夜になると動物たちは「鳴き声公園」に集まり、お決まりの鳴き声集会をしてから、ゆっくりと人間の姿に戻っていく。

このように奇妙な界隈ではあったものの、天野が隠れ住み新しい仕事を実践するにあたって、これほど適した町は他になかったといえる。

*

岩場を歩き、かつて海鳥たちに蛹を献上した洞窟にやって来ると、満ち潮により水位が上がっていたため、天野はあの夜に入っていった正面入り口を諦め、少し引き返し、洞窟の脇の草むらに足を踏み入れた。

鳥打ち時代に使っていたブーツは新しい仕事のための正装になっていた。天野は牛革のブーツでもって草を踏み均《なら》し、後続する犬、猿、雉《きじ》らに歩むべき道を教えてやる。しかし、猿は青草の生い茂る方へと駆けていき、雉は地を這うエメラルド色の甲虫を啄《ついば》み始め、後ろから健気についてくるのは犬だけだった。

天野が仕事のために引き連れている動物たちはその日の正規の仕事にあぶれた者たちで

あり、もとはみな人間、つまりはリュトリュクに住む人々であった。

通りに住み始めたばかりの頃は、天野も職業安定所で仕事をもらっていたが、現在は料亭「いぐあな」で見習い料理人として働いていた。彼のように定職に就いている人間は、この町には数えるほどしかいない。

料理の腕前に関して言えば彼はまったくの素人であり、皿洗いや仕込み以外には仕事の回ってくることのない見習いからの出発だった。そのため今になって、心得のある沖山から教わっておけばよかったと後悔していた。

料亭「いぐあな」を経営しているのは、漁師を引退したのちにリュトリュクに移り住んできた老人であった。白い鬚《ひげ》をたくわえたその男は漁師だった頃の名前を捨ててしまっており、界隈の人々は彼を、いぐあな老師、いぐあな船長、あるいは、いぐあな料理長などと呼んだ。

いぐあな老師は、職業安定所で料理人の資格をもらってくる者を信用しておらず、誰であれ見習いから育てた。実際に調理に関わっているのは今のところ老師と二人の愛弟子だけである。二人とも本土から料理の腕を磨きにきた青年で、もう数年「いぐあな」で働いたら本土に帰り、それぞれ自分の店を開こうと考えているようだった。

料亭「いぐあな」はリュトリュクにおいて珍しい、なかなかに値の張る料理店だった。ここで食事を愉しむことができるのは、その日に職業安定所で高給取りの仕事を斡旋された者たち、つまりは裁判官や、信徒からのお布施で食べにくる聖職者などに限られる。

天野は年契約で借りた安宿の一室に住み、「いぐあな」で働きながら生活していたが、現在、犬、猿、雉らを率いて取り組もうとしている仕事こそが彼にとっての天職であり、「いぐあな」での仕事は、その遂行を金銭的に支えるための手段でしかなかった。いぐあな老師もそうした事情については了承済みだった。

さて、天野は草むらを抜け、海鳥たちが寝床に使っている洞窟の向こう、海から遠ざかった場所にあるもう一つの小さな洞窟へとやって来た。小さな洞窟と先ほど入ることを諦めた洞窟は波の浸食によって内部でつながっており、天野はこちらの入り口から海鳥の寝床に入ることにした。

道草を食っていた猿と雉も戻ってきて、一行は天野、犬、猿、雉の順で小さな洞窟に入っていく。海側の入り口から入れば、少し進んだところに吹き矢の筒が立てかけてあったため、それを杖代わりにして歩くこともできた。しかし、この日はそういうわけにもいかず、いつもより慎重に岩肌を歩くことになった。

洞窟の連結部分には小さな木造ボートが隠してある。満潮になっても海水が届くことはないため、天野はここをボートの隠し場所に選んでいた。小舟のなかにはネルヴォサの鉢が並べられている。鞄から真水を入れた水筒を取り出すと、さっそく水遣りに取りかかった。

水遣りを終えると水筒をしまい、代わりに四つの団子を取り出した。犬、猿、雉に一つずつ与え、残った一つを口にする。雉は皆から離れたところで用心深く食事を済ませ、早くに食べ終えた猿が犬の団子を奪おうとして追い払われる様子を、あまり関心もなさそうに見つめている。

犬が岩壁に小便をするのを見届けると、天野は指笛を吹き、動物たちに仕事を始める時間が来たことを伝える。岩の上を引き摺り、ボートを海の方へ運んでいく。犬は尻尾を振りながら天野の傍を駆け回り、ボートを重たげに押す主人に何かをねだる。雉はいつの間にか乗船を済ませており、舳先《へさき》に止まって前方を見据えている。猿の姿が見えない、どこに行ったのだろう、と思いながら、岩と岩の間に挟まったブーツを引き抜こうと苦心しているとき、猿は、岩壁の割れ目から這い出してくる蟹を捕らえ、団子一つでは満たされなかった腹の足しにしていた。

ボートを波打ち際まで運んだとき、猿もようやく戻ってきた。その手には蟹の殻や鋏《はさみ》が握られていた。猿と犬は少しのあいだ見つめ合い、もう少しで喧嘩になるかと思われた瞬間、二匹ともボートに飛び乗った。

小舟を出し、パドルを使って漕ぎ始める。風も穏やかで、無理なく目的地に辿り着けそうだった。ボートの上でネルヴォサの鉢が滑り、船体が傾きそうになったので、天野は三匹の動物と自分の重さを考慮し、四つの鉢植えを配置し直す。続いてパドルではなくオールを取り、入り江から百六十メートルほど離れたところにある小島を目指して力強く漕ぎだす。

オールさばきはまだ扱いに慣れていないことを物語っており、必要以上に白泡を発生させ、これでもかとばかりに水しぶきを上げた。犬は尻尾をぴんと立て、舌をだらりと出し、束の間の船旅を楽しんでいるかのようだ。雉は海水が翼にかかるのが嫌なのか、落ち着かない様子をしている。猿は先ほどの戦利品、蟹の鋏をしゃぶっているが、胸中を推し量ることは困難を極める。

ボートは無事に海を渡り、名のつけられていない小島への上陸を果たした。天野は四つの鉢を岸辺に下ろし、続いて動物たちに下りるよう促すと、自身も小舟から下りた。それから、秘密の船客である幼虫たちを鞄から出してやり、楽園の清澄な空気を皆で吸うことにした。

半径二十メートルほどの円形の島、この島にもう一つの花畑をつくることが彼の新しい仕事であり、それは、蛹を海鳥の寝床に届けるべく浜辺を歩いた夜更けに啓示された、どうしても果たさねばならない使命であった。

天野は夜な夜な花畑からネルヴォサを持ち去り、人目に触れぬよう岩の洞窟へと運び、鉢のなかに植え直していた。そして頃合いを見ては、それを舟でこの小島に運ぶ。ネルヴォサだけでなくアレパティロオアゲハの幼虫も夜のうちに捕まえて、リュトリュクの自室へと持ち帰る。

この日も天野は小島に置いてあるスコップで穴を掘り始める。犬も前足で穴を掘り、作業を手伝ってくれた。猿は再び蟹の鋏をしゃぶり始め、雉は同じところを低空飛行し続けている。三匹の動物たちとともに仕事はいつも通り進行した。

数十四の幼虫を順々につまみ、一匹ずつ葉の上に放してやる。幼虫たちは鳥に発見されることを恐れ、葉の裏に隠れたが、即座に一羽のウミネコに発見され、七匹ほどが餌食となった。しかし、それぐらいにしておけと言わんばかりに吠え立て、犬はウミネコを追い払ってくれた。

天野がつくり上げようとしていたのは、海鳥たちが自由に蝶や幼虫を啄める楽園であった。現時点ではまだ花が少ないため、幼虫たちは無防備にもその身を天に晒さざるを得ないが、やがて時が経てばこうした問題も解消され、この小島全体が真に美しい花畑となるはずだった。

花畑の完成を目指し、天野はネルヴァサやアレパティロオオアゲハの幼虫を盗み続けていた。それゆえ岩の洞窟には鉢植えが並び、彼の部屋では太陽の昇っているあいだ、何百匹という幼虫が競うようにして青い葉を齧り続けていた。

*

秋が訪れ、二つの花畑に木枯らしが吹き始めるのも間近であった。

天野の楽園のことなど露知らず、沖山と保田は日々海鳥を落とし続けていた。すでに失踪から二ヶ月以上が経っていた。仕事終わりには島中を歩いて天野を探したが、リュトリュク通りにまで足を踏み入れることはなかった。結果いつまでも発見には至らず、この日も彼のことを心配しつつ、黙々と仕事に取り組む他なかった。

煙草の火を揉み消し、吸い殻をつなぎのポケットのなかに押し込むと、保田は毒液の入った小瓶を取り出し、緑色のガラス瓶を揺すり毒の濃度に偏りが生じないようにした。それから彼は、コルクを抜いて針を浸し、溝の部分にたっぷり毒を吸わせ、慎重に吹き筒に込める。

そして、先ほどから上空を旋回している種々の渡り鳥や、一年を通して飛び回っている雑食性のカモメたちに目をやり、どの個体を狙うのか、どれだけの数を今日のうちに仕留めるのか、数秒のあいだ考えを巡らせた。

まだ幼かった頃、彼の生きていた世界は可能性に満ちていた。二十九歳の鳥打ちとなった現在――空に向かって吹き矢を構え、彩り豊かな花の海に身を潜ませている今この瞬間――に至るまでには、数えられないほどの分枝があったはずである。

このところよく考えている問題、これまで疑うまいとしてきたにも拘わらず、天野の失踪によって真剣に問わねばならなくなった自由と必然性をめぐる問題が、頭上を覆う鳥のようになり、心のなかを埋め尽くしていった瞬間、保田は迷いを振り払うかのようにして、筒をさらに高く持ち上げた。息を吸い込み一羽のユリカモメに狙いを定める。

しかし、なにゆえにあのユリカモメを殺すのか？　保田は考える、旋回から静止……自問自答……静止から急降下……再び自問自答……幼虫もたくさんいるが、すでに季節は秋……成虫の数はおそらく幼虫のそれを上回っている……時たま空中で触れ合う、ステンドグラスの如く光り輝く蝶の翅……毒矢に射られ上空から落ちてくる鳥の羽……しかし、なにゆえにあのユリカモメを殺すのか？　ユリカモメの前にウミネコを、ウミネコの前にオオセグロカモメを、オオセグロカモメの代わりにシロカモメを、シロカモメを狙いながらも外してネッタイチョウを、何より先にあのトウゾクカモメを……無際限の選択肢を手にしているように思えるが、本当のところはただ一本の道しか通っていないのではないか……何度生誕をやり直し、何度この生涯を辿り直したところで、やはり俺は鳥打ちとなり、あのユリカモメを狙っているのではないか……そうであって欲しいものだ……考える必要はない……俺は三つ数えるうちにあの鳥を仕留めるだろう……一、二……ふうっ！

保田の吹いた矢は、飛び交う蝶たちに触れることなく目標のユリカモメに命中した。海鳥は花畑の只中に落下し、ネルヴォサの茎を数本折った。かくして最期の寝床は形成された。

それにしても、天野は一体どこにいるのだろう？

保田は死骸の腕羽に刺さった毒矢を抜き取りながら、幼馴染みの行方について考えていたが、そのとき沖山は、保田から西に数十メートル離れたところで、トウゾクカモメの姿を目で追っていた。

目の前にある緑の葉の上を、もうすぐ蛹となるであろう、五齢幼虫たちが這っている。薄紫色の蝶が花の蜜を吸っているかと思えば、すぐ近くでは黄緑色の翅を持つ個体が舞っている。落ちてくる鱗粉は太陽の光を照り返し、幾百幾千もの光の粒が視界に揺らめいた。

この十年、何度この光景を目にしたことだろう……休みなく花畑に潜り、こうしていつも変わらぬ空を見つめていた……いや、とりわけ今日は綺麗に見える……飽きるほど見ているというのに……不思議と新鮮さは……これで海鳥さえ殺さずに済むのなら……これじゃ天野にそっくり……保田に怒られても仕方ない。

秋空に映える蝶たちを見ているうちに沖山はトウゾクカモメを見失うが、それも束の間のことで、彼は、鋭い眼光を放ち花畑を見下ろしている、抜け目のない海鳥の姿を再び見つけ出す。

すると、トウゾクカモメの上に悠然とトビが現れたため、慌てて吹き筒を持ち上げた。緊張のあまり筒の先端が震えている。目の前の五齢幼虫を狙い、万が一両者が同時に降下してきたら？　蝶を、花畑を、自分の仕事を、守りきることができるだろうか？　毒を塗り直した新しい針を用意して、もう一度吹き矢を構え直す、とその瞬間、突如としてトビは高度を上げ、どこまでも上昇していった。そして彼方に消え去った。もう見えない……あれなら大丈夫……沖山は胸を撫で下ろす。

それにしても、天野は一体どこにいるのだろう？

同日夕暮れ、仕事を終えた沖山と保田は、海鳥の死骸を墓地に埋葬すると、ここ最近の日課である島の散策を開始した。

しかし真夜中近くまで歩き、酒場という酒場を覗いては漁師たちと口論し、時に談笑し、そうして聞き込みを行ったにも拘わらず、手掛かりは皆無であった。

天野の捜索を始めて以来、沖山のつけていた日誌は仕事の記録というよりも、もはや捜索活動の記録と成り果てていた。例えば九月二十三日のページには次のように書かれている。

九月二十三日（土）　晴れ

体調——良好
検温——平熱
朝食——玉ねぎとチーズのマフィン
　　　コーンチャウダー
　　　グレープフルーツジュース
排泄——十時半　小　一回
睡眠——八時間

せっかくの休日じゃないか、と渋る保田を誘って町へ。
昨日は島の東側を探したため、今日は西側を歩く。
「棺桶」に顔を出すが、またしても有益な情報はなし。
足折れ漁師が海に出たらしい。天野は誘っていないとのこと。
おかみの助言に従い、日が沈む前に学校へと向かった。
グラウンドでボール遊びをしている子供たちに聞いてみるも、
ここでも目撃談はなし。諦めて帰宅。夕飯を作ることに。

そしてこの日、十月六日も沖山と保田による捜索は成果なく終わり、二人ともすっかり意気消沈してしまった。

天野のやつも水臭いな、本当はあいつの方から会いにくるべきなのに、などと話しながら、二人は共同墓地の一角に腰を下ろした。相変わらず沖山は飲むことを渋っていたが、それでも漁師たちがくれたウィスキーを酌み交わし、また夜を明かした。

＊

料亭「いぐあな」で働き、その合間を縫ってもう一つの花畑の創造に励んでいた天野と、鳥打ちとしての職務を果たしながらも監督官の目を盗み、鳥の墓地を維持し続けていた沖山と保田は、時があっという間に流れていくなか、なかなか再会できずにいた。

天野が沖山や保田に会おうとしなかったのは、一つには、自分は自分のやるべき仕事を見つけたのだと考えていたからであり、もう一つには、彼らが小島の存在を知れば、職業上監督官に報告せずにはいられないのではと懸念していたからであった。鳥打ちの仕事と天野の見出した仕事は、この島ではどうしても共存できそうにない。

もちろん二人に対する親愛の情や感謝の念は、天野の胸中ではいささかも色褪せておらず、彼は、いつか十分に時が経ったら二人に会いにいき、頭を下げて謝らねばならないと考えていた。

十一月に入り港町の気温は急激に下がり、島の北西部では、ガンやハクチョウなどの渡り鳥が何千羽という規模の群れを成していた。

相変わらず天野は、皿洗いと仕込み、それから閉店後の掃除を繰り返していたが、仕事において手を抜くことはなく、見習い仲間のみならず老師の愛弟子からも信頼されるようになった。

しかし、店仕舞いが終わる頃、料亭の仲間たちから飲みにいかないかと誘われることがあっても、彼はいつも丁重に断った。そしてただちに安宿に帰り、夥《おびただ》しい数の幼虫の世話を焼き始める。

天野の借りている部屋は鳥打ち時代に住んでいた「棺桶」の上階よりも狭く、その手狭な室内を、ネルヴォサの鉢植えと幼虫の木箱が埋め尽くしている。

部屋には、卵の産みつけられたネルヴォサの葉が百枚ほど、すでに孵化した幼虫が三十数四、羽化の遅れている蛹が二十数個、黄色の花を咲かせているネルヴォサの鉢が四つ、緑色の花の鉢が五つ、紫色の花の鉢が九つあった。

その他にも、羽化はしたものの花畑には運ばれていない成虫が、何匹か放し飼いにされていた。すべて沖山と保田が必死に守っている花畑から盗まれてきたものであり、天野が二人になかなか会おうとしないのも当然のことだった。

＊

十二月初旬のある夜、沖山と保田の二人は、仕事の後でガーマルシ通り沿いにある酒場に顔を出して天野を探していた。一方天野は部屋にこもり、ネルヴォサの水遣りや蛹の観察、孵化した幼虫の移し替えなどを行っていた。しかし二十三時を過ぎた頃、出し抜けに表戸を叩く音が聞こえた。

年単位で契約しており、宿屋の亭主が家賃を受け取りにくることもなかったため、部屋を訪れる者は誰一人いなかった。そのため彼は、沖山や保田がどこかで自分の居場所を聞き、会いにきてくれたのではないかと考えた。ところが胸を高鳴らせ扉を押し開くと、そこに立っていたのは、コック服の上から外套を羽織ったいぐあな老師であった。

老師が入ってくると部屋にはそこはかとなく調理場の匂いが漂い、天野は鍋のなかで煮立っていたトマトと鶏肉のスープのことを思い、残り物を貰ってくるべきだったと考える。溶けて形のくずれたジャガイモや、おたまでかき混ぜると浮き上がってくる銀杏《ぎんなん》、火が通り鮮やかな緑色から落ち着いた鶯《うぐいす》色に変わるピーマン、骨から剝がれかけている鶏の肉、そういった具材がありありと心に浮かんだ。

天野はいぐあな老師に一声かけることも忘れ、外套の下から覗いているコック服の染み、その夜のトマトスープの橙《だいだい》色をじっと見つめていた。

しかし、老師は調理場の香りの他に外の冷気をも招き入れたため、胸中に注がれていたトマトスープも立ちどころに冷めてしまった。

「こんばんは。こんな時間にどうなさったのですか？」

そう言いながら天野は老師の脱いだ外套を受け取り、それを衣紋《えもん》掛けに羽織らせた。老師は流しに立ち、調理器具を見つめ、しっかりと手入れが行き届いているかどうか確認し、それから居間に足を踏み入れた。

秩序なく散乱している木箱や鉢植えをすべて壁際に押しやり、老師がくつろいで座ることのできる空間を拵える。

「狭い部屋だってのに、随分と物がたくさんあるじゃないか、ええ?」

あぐらをかくことのできる空間が作られると、いぐあな老師はようやく口を開いた。そして流しにコーヒーを淹れにいった天野の背に向けて、彼には珍しく昔話を始めた。そのあいだ部屋のなかでは、室内飼育によって体内時計の狂った蝶たちが、ひらひらと天井近くを舞い続けていた。

「四十年だ、わかるか? 正一よ、四十年も経っちまったんだ、俺が漁師になってから、早くも四十年ときた! 当時は親父もまだ生きていて、いや、おっかない親父だったさ! こぶしときたら俺の二倍、大きな手で網を引き上げ、銛を投げ、親父はなんでも捕ったんだ、俺のこぶしの二倍はあるこぶし、そう、二倍だ! 言い過ぎなんかじゃない、たしかに二倍はあったんだ! 少なくとも二倍! もしくは三倍! あるいは四倍! いや、それは言い過ぎだな、いくらなんでも四倍ということはない、まあいい、俺が十四、五にも満たなかった頃の話だが、とにかく、二倍あったことは間違いない、間違いないんだ! どんなに船が揺れようと仁王立ちで、俺もそんな親父に憧れを覚えたものさ、それで気がつけば自分も漁師になっていたってわけだ、おい、コーヒーなんて淹れなくていいからこっちに来てくれ、たまには昔話も悪くない、なんだ？　もう出来ちまったのか？　それじゃありがたく頂くことにするよ、すまないな、おう、こりゃ温まる！　芯からすっかり！魂の雪解けってやつだ！　おう、それでだ、俺は漁師になったんだ、今から四十年も昔のこと、おそらくはおまえが鳥打ちを始めたのと同じぐらいの年齢だ、俺は船の上に、海の上にいることが好きだった、ああ、好きだったとも！　本当に好きだった！　陸にいるだけで息が詰まるくらいに！　照りつける太陽に鳥の鳴き声、海鳥は魚群の位置を知らせてくれる、ああ、わかってる、俺は鳥打ちの非難なんぞ始めるつもりはない、鳥を殺すのも魚を捕るのも同じようなものだ！　まあ聞くんだ、黙って聞いてくれ！　なに？　俺が酔っぱらってるって？　店仕舞いの後でちょいとブランデーを飲んだが、それだけだ、断じて酔ってなどいない、まあそんなことといちいち気にするな、なあ、聞いてくれ！　おう、それでだ、俺はいま料理屋を仕切っているだろう、みんな手前勝手に俺の過去を推察してはあらぬ噂を流し、その噂は風をたらふく吸いこんでは膨れ上がり、今度は一人歩きを始めやがる、俺が漁師をやめて料理人になったのは、なんでも、新町長の改革に逆らって、港の漁師たちを束ね、反乱を企て、その結果漁師を辞めざるを得ないところまで追い込まれたからだ、なんて噂まで流れているらしい、いや、確かにくだらない連中だよ！　古典に基づいた町政だと？　笑わせてくれるな！　あんな奴らは陽気な豚さ！　くんくん書物を嗅ぎ回る豚に過ぎないさ！　だがな、しかしだ、俺が漁師を辞めたのは今から二十年ほど前のこと、そのときはまだ先代町長の任期だった、つまりな、そんな噂が嘘っぱちだってことは、ちょっと考えてみりゃすぐにわかることなんだ、だけども人間ってやつは自分の信じたいことだけを信じるようにできている、なあ、わかるだろう、正一、信じるってことのうちにも罠が張り巡らされているんだ、無数の罠だ！　それこそ無限だ！　罠っ子の大海原だ！　俺が料理人になったのは、ほとんどただの思いつきだった、いや、それは言い過ぎだ、たしかにドラマはあったよ、いま思い返せばどこにだって落ちている安いドラマに過ぎんが、なあ、正一、おまえだってわかっているはずだ、信じるってことには数えきれん程の落とし穴がついてくる、なあ、そうだろう？　俺はなにも年寄りじみた教訓やら助言やらを垂れにきたわけじゃない、なあ、正一、悪いことは言わないから、俺のもとで料理人になるんだ、俺にはおまえのやろうとしていることや考えていることのすべてがわかるわけじゃないが、なあ、信じることのうちにある落とし穴に、もっと注意深くならなきゃだめだ、自ら仮構した運命の奴隷になんてなるな、自分で自分を限定することはない、退路を絶つことは必ずしも誠実さの証明にはならんぞ、おまえは新町長の定めた規則を破り、この町に逃げてきたと聞く、それがどんな規則だったのか俺にはわからないが、おそらくはこの部屋を埋め尽くす鉢植えやら、そこらを飛んでいる蝶やらと関係があるのだろう、ああ、わかってる、探偵ごっこをするために来たわけじゃない、正一よ、すまない、結局のところ、俺は愚にもつかぬ忠告に終始してしまったみたいだな、だが聞け！聞いてくれ！　これが最後の忠告だ、聞いても損はない、なあ、おとなしく料理人として、第二の人生を歩み始めてみたらどうだ？」

言い終えて満足すると、老師はいつもの通り寡黙な男に戻り、コーヒーを啜《すす》ったり、ネルヴォサの花の香りを嗅いだりし始めた。時おり天井に向けて人差し指を伸ばし、そこに舞い降りてきはしないかと、蝶たちの動きを目で追ったりもした。

天野はそんないぐあな老師の姿を見つめながら、しばらくその場で語られた言葉に思いを巡らせていた。老師は天野が口を開くより先に立ち上がり、コック服のポケットから、くしゃくしゃになった紙の束を取り出し、それを机の上に置いた。そして真っ白い鬚を撫でながら、温かみのある声で言った。

「これから何をしようと、いま何をしていようと、すべておまえの勝手だ。俺はおまえの考え方にまで口を挟むつもりはない。だが、だがな、正一、もしもおまえが本気で料理人になると言うのなら、すぐにでも見習いを卒業させてやる。簡単なレシピを渡しておくとしよう。おまえにも作れる易しいものばかりだ。作ってみるといい。料理は面白いぞ。俺が漁師から料理人になったように、おまえは鳥打ちから料理人になればいい。俺の弟子は二人とも本土に帰って自分の店を持つと言っている。正一、おまえが『いぐあな』を継いでくれたら嬉しいんだがな。いや、そうじゃない、つまり、継いでくれれば嬉しい限りだが、だめだ、どうもおしゃべりが過ぎる、要するに、料理人になってしまえば本土でだって暮らせるということだ。リュトリュクにいれば、ままごとのなかで一生を終えることだってできる。だが正一、おまえはそれを望んでいないはずだ。俺と同じで、せっかくここまで来たというのに、よりによって定職を欲しがっちまうんだからな。結局どこまで行っても同じことなのかもしれんが、可能性の一つとして本土への渡航を考えておくのもいいだろう。とにかくレシピだけ置いて帰るからな。このレシピは自由への切符なんかじゃないぞ。そんなに大それたものではない。ただ船着き場から本土に渡るために使えるというだけだ。おそらくはどれも四、五人前の分量になっているが、ボンゴレは二人前、パエリアと牡蠣のリゾットは十人前になっているから注意してくれ」

やはり随分と飲んでいたのか、老師はふらつきながら帰路についた。しかし玄関で脱いだ黒い外套を忘れていったため、天野は急いで駆け出した。老師に追いつくと、それをしっかり羽織らせ、一人で帰れますか？　大丈夫ですか？　と何度も確認したのち、黙ってその背中を見送ることにした。

V　結末

暖かな春の初め、天野の花畑はその全盛を迎えた。懸命に植えた甲斐あってネルヴォサは至る所で花開き、その甘い香りを楽園の全域に行き渡らせていた。

凍てつく冬を耐え忍び、とうとう春の陽光にありついた蛹たちは、よく晴れた日の朝に一斉に身を揺すらせ、何百匹もの蝶々を青空に送り出した。海鳥たちも小島に舞い降りてきては、羽化の遅れている蛹を啄んだり、飛んでいる成虫を捕らえたりして、その腹を存分に満たした。

天野は陽の高いうちに仕事を終えてしまうと、半年ほど前に作業を始め、とうとう全盛を迎えた自身の楽園に寝転び、自由闊達に空を舞うカモメたちを眺めては、彼らを毒矢で狙う必要もなければ、友人の足を引っ張ってまで不向きな仕事を続ける必要もない現在の暮らしに、深く満足を覚えるのだった。

かつて鳥打ちをしていた頃、故郷である島は、堪え難い苦痛に満ちた呪わしい孤島でしかなかった。観光客たちが夢中で写真に撮る麗しい花畑も、草原のなかに突如として現れる沼地のような場所として映っていた。ネルヴォサの花も、当時は海鳥の血液の臭いと強く結びついており、体調の優れない日や埋葬中に嘔吐した翌日などには、ふとした瞬間、花弁が黒く変色していくように見えた。

見習い料理人、そして花畑のつくり手となった現在、天野はそうした苦悩とは無縁であった。かつて彼を悩ませた、何を行おうと自分がそれを選び取ったとは思えない、あの執拗に持続する虚脱感もすでに遠のいて久しい。

鳥打ちであることをやめた夏の夜更けの出来事は、彼のなかで未だに整理がついておらず、あの夜、何を考えながら砂浜を歩いていたのか、どれほどの時間、ヤドカリと行進をともにしていたのか、はっきりとは思い出すことができずにいた。

確かに覚えていることは、突如として体内に得体の知れぬ熱が発生し、まるで自分という容器のなかで誰かが生まれ変わったかのようだった、という不思議な感覚だけであった。海鳥の眠る洞窟に着く頃には、鳥打ちとしての過去の自分は砂浜に脱ぎ捨てられており、記憶も鮮明になる朝焼けの瞬間――鳥たちに蛹を捧げたあの瞬間――、胸の内ではもう一つの花畑をつくることを決めていたようにも思えた。

いずれにせよ、天野は自分のやるべき仕事を見出し、それを真摯に実行した結果、楽園は一つの最盛期を迎えることになった。しかし与えられた仕事に没頭し、迷いや雑念を振り払うようにして日々を生きていたのは、彼だけではない。

沖山も保田も鳥打ちとしての職務を全うしていたし、四人の監督官にしても事情は同じであり、すでに彼らは天野の居場所を突き止めていた。

＊

もう一つの花畑で蛹たちが羽化し始める、その僅《わず》か数日前、四人の監督官がリュトリュク界隈を訪れていた。

その日は沖山や保田にとってもどことなく胸騒ぎを感じさせる一日だった。監督官が一人もいない花畑で仕事をするのは初めてのことで、いつもの送迎ジープも、前日にキーを渡された保田が運転していた。

沖山と保田はどちらも天野のことを思い浮かべていた。それでも両者は車のなかで沈黙を守り、仕事中も必要最小限しか口をきかず、淡々と海鳥を仕留め続けた。

鳥たちの墓地への獣道を歩いているとき、沖山が、天野のやつどうしているかな、と呟くと、保田は、どうだろう、とだけ答えた。どちらも心中穏やかではなかったが、それで天野の話は終わりとなった。

沖山や保田が鳥を殺していた昼のあいだ、監督官たちは天野の情報を求めてリュトリュクを隅から隅まで歩いていた。新町長が消息を知りたがり、監督官は日々の仕事とは別に、天野の捜索もしなくてはならなかった。

一月の半ば頃から捜索に取りかかった監督官たちだが、リュトリュク通りに辿り着くまでには随分と時間を要した。しかし、この日、とうとう彼らはこの界隈まで捜索の手を伸ばしたのであった。

裁判所、鳴き声公園、病院、教会、酒屋、自動車修理工場、それから保育園など、監督官たちは至る所に顔を出しては天野の写真を見せ、この男について何か知っていることはないかと聞き込みを繰り返したが、自分自身への関心すら薄れてしまっている住人たちが協力するはずもなく、有益な手掛かりは摑めずにいた。

四人の監督官は料亭「いぐあな」にも顔を出した。その日、折しも天野は部屋にこもりっきりであったし、いくらか事情を聞かされていた老師の愛弟子たちも何も知らないふりをしてくれた。

監督官たちは、この町に役人が足を運ぶのは実に数十年ぶりのことで、リュトリュクの人々に歓迎されないのも当然のことだと考えていた。しかし、彼らの予想に反して、住人たちが天野の捜索に協力的でないのは、町政に関わる人間を信用していないからではなかった。この港町、ひいてはこの世界で起こることの一切はリュトリュクに生きる人々にとって、何であろうと自分の内面までは流れ込んでくることのない、取るに足らぬ出来事でしかなかったのである。

目の前に立ち自分を尋問している男が役人であろうとそうでなかろうと、通りの住人にはどうでもいいことであり、天野のことをよく知っていても、少しも知らなくても、どちらにせよ質問には答えずに素通りしたことであろう。

裁判官の仕事をこなした次の日には保育園児となり、鼻水を垂らしながら園庭を駆けずり回っている。そうかと思うと、その翌日には教会の中庭で掃除人として働いている。あるいは人間であることさえ放り出し、動物となり一日を過ごす。それが彼らの暮らし方であり、四人の監督官はその点を見落としていた。

ところが監督官たちは、この界隈にも天野氏はいないのであろう、致し方ない、諦めて新町長への報告書を作成しようではないか、と話をまとめた頃になって、幸運にも職業安定所に辿り着いた。

リュトリュクの住人ならば誰もが利用する職業安定所であるが、人目につく場所にあるわけでもなければ、見てそれとわかるような看板を掲げているわけでもなく、部外者に発見されることは稀《まれ》である。この日、監督官たちが保育園の向かいの建物に足を踏み入れたのは、非常に運が良かったためだといえる。

監督官たちは仕事の斡旋記録を押収すると、慌ただしく去っていった。一番の監督官が鞄に入れた日替わり職業名簿には、「いぐあな」で働き始めるまでは職業安定所も利用していた、「天野正一」の名が記されていたのである。

＊

居場所を突き止めるまでには、そう長い時間はかからなかった。交代交代で行われた張り込みが功を奏し、料亭「いぐあな」で働いていることだけでなく、ひっそりと暮らしている安宿までが瞬く間に発見されてしまった。

そして小雨の降る朝、四番の監督官は新町長への謀反を目撃することになった。木箱を抱えてそそくさと出てくる天野の姿を目にしたのである。まだ夜も明けたばかりで、「いぐあな」に足を運ぶにはいささか早い時間である。

この日、久しぶりに自分の花畑に行き、選び出した個体を放しにいくことにした天野は、四番の監督官の尾行に気がつくことなく、岩の洞窟への道を歩き始めてしまった。

職業安定所もまだ開いてはおらず、動物となり徘徊する仕事を斡旋する者たちも姿を見せていない。犬、猿、雉を連れていくことは諦め、天野は一人で花畑に行くことにした。しかし、これは堅実な振る舞いではなかった。

というのも、犬を連れていれば、その並外れた嗅覚によって監督官の尾行も失敗に終わったことであろうし、そうなれば天野も自分の身を守るため、何らかの手段を考えられたはずであるからだ。

リュトリュクの外れから伸びている細道を、北西に向かって歩いていた天野と監督官であるが、二人はとうとう岩の洞窟のある入り江に辿り着いた。

天野は入り江を慣れた調子で歩いていたが、四番の監督官はその十メートルほど後方から、岩陰から岩陰へと巧みに身を隠しながらついて来ていた。

天野が岩の洞窟に入るや否や、監督官は洞窟の入り口に駆け寄り、水筒のミネラルウォーターを一口飲んでから、恐る恐る内部を覗き込む。

彼は洞窟のなかに木造の小舟と幾つかの鉢植えを見た。一体これは何なのだろうと訝しんでいると、天野が入り口に向かって小舟を押してきたので、とっさに茂みに飛び込んだ。一挙手一投足たりとも見逃すまいと双眼鏡を構え、草むらから様子を窺い始める。

その日、監督官はもう一つの花畑の存在を知ることとなった。

＊

監督官から新町長への報告書

新町長殿

命ぜられていた天野氏の捜索の件について、謹んでご報告申し上げます。

待ち受けていたのは、ただただ驚嘆すべき事態でありました。

私ども四人の監督官は島の隅々まで探し回ったというのに、誠に恥ずかしながら、これまで天野氏の居場所を知ることができずにいました。

しかし、それもそのはずです。あろうことか天野氏は、リュトリュクに身を潜めていたのです。あれほど真面目に鳥打ちをこなしていた純朴な青年が貧民街で暮らし始めるなど、いったい誰に予想できたでしょうか。

リュトリュクの職業安定所に立ち入り、職業名簿を押収できたことが転機となりました。名簿のなかに天野氏の名前を見つけてからは、何もかもが芋づる式に明るみに出てきたため、もう骨を折ることもありませんでした。

天野氏は「いぐあな」という名の料亭で見習いとして働き、近くの宿屋で暮らしています。

これだけのことならば、こんなにも急いで報告書をしたためる必要もなかったことでしょう。至急報告しなければならない問題は、これより先にあります。

結論から申し上げましょう。

新町長殿、天野氏は許してはならぬ大罪人です。

あの男は、十年前に鳥打ちの面接を受けにきた男とは、もはやまったくの別人です。

あの男は、あなた様とあなた様の設けた規則、そしてあなた様の情けと恵みとに背く、恩知らずの謀反人です。

あの男は、島の北西、岸辺からそれほど離れていない位置に浮かぶ小島に、模造の楽園をつくりあげようとしているのです。（いえ、あれはほとんど完成していたも同然でした！）

ここ最近、花畑を襲う海鳥の数が減少しているのは、沖山氏や保田氏が殺し過ぎているからではありません。鳥打ちの個人成績は例年と大して変わっておらず、天野氏が辞めてしまったため、むしろ仕留めた数の総計は少なくなっているくらいです。

申し訳ありません、要領を得ない説明をどうかお許し下さい。

つまり、こういうことなのです。

天野氏は、ネルヴォサや、アレパティロオオアゲハの幼虫をさらい、自らのつくりあげた楽園に移住させていたのです。

まったく、信じ難い光景でした。花が小島を埋め尽くしており、そこには蝶と海鳥が飛び交っています。海鳥たちは、鳥打ちのいない天野氏の花畑で自由気まま、好き放題に幼虫を啄み、暴虐の限りを尽くしています。

彼の処罰については、新町長殿、あなた様にお任せ致します。

こちらはすでに捕縛のための準備を整えてあります。
どうか賢明なご判断のほどを、何卒よろしくお願いします。

監督官一同

*

雲一つない快晴の正午、天野は花畑に寝転んでいた。しかし、犬が海に向かって猛然と吠え始めたため、がばと飛び起きたところ、四隻の小舟がこちらを目指してやって来るのが見えた。

そのうちの一隻は波に負けてしまい、あらぬ方へと流れていったが、残りの三隻は真っ直ぐ小島の方に向かって来ていた。犬はますます大きな声で吠え始め、猿は不安を露わにあちらこちらへ駆け回る。雉は一目散に波打ち際に向かうも、本島までは飛んでいけるはずもない。海鳥たちは犬の吠え声で一斉に飛び去り、いまや楽園は混乱の極みにあった。

小舟に乗っているのが鳥打ち時代の監督官であることを知った天野は、どうしてここがばれてしまったのだろうか、そもそもいつから知られていたのだろうか、いや、今はどうやって逃れるか考えなくてはと思案しながらも、からだの方は自然と動き、一も二もなく自分のボートに向かって走り出していた。

その様子を見た監督官は、海に逃げようとしているのだと判断し、オールを漕ぐ手にさらに力を込めたが、なんと天野はボートから吹き矢を取り出した。

無我夢中だった。我が身と花畑を守らなくてはならない。鳥打ちを辞めてからというもの、吹き矢は岩場を歩くための杖でしかなかったが、護身のため、金色の針と毒液の小瓶は舟のなかに忍ばせてあった。

海鳥には吹き筒を向けることさえ躊躇《ためら》っていた天野であるが、慣れた動作で針に毒液を吸わせ、羽根をつけて毒矢を拵えた。そして落ち着き払い、悠々と構えの姿勢をとる。波打ち際で吹き矢を構えている天野の姿を見て、監督官たちはぎょっとしたが、もはや上陸は間近に迫っており、いまさら舟の針路を変更することなど不可能である。

一番の監督官の小舟が先頭を切って近づいてくる。天野は息を吸い込み、狙いを定め、筒を咥えて一気に吹き込んだ。羽根のついた毒矢は凄まじい速度で海上を飛び、狙い通り監督官の喉仏に命中する。

矢の当たった監督官が小舟から海へ、ほとんど直立の姿勢で傾きながら落ちていくのが見える。監督官の引き攣《つ》った顔は、そのまま飛沫のなかに消えていった。

鳥さえ殺せなかったにも拘わらず、あろうことか人を殺してしまった。天野は吹き矢を放り出し、わっと泣き出した。その場に蹲《うずくま》る天野の傍に犬が駆け寄り、その手を舐めた。猿はすでに海に飛び込んでおり、一番の監督官が乗っていた小舟に首尾よく乗り込んだところだった。雉は終焉を迎えたばかりの楽園をほっつき歩き、普段なら見向きもしない幼虫を啄んでいた。

二番と四番の監督官がもう一つの花畑に上陸し、泣き崩れている天野を取り押さえた。それから両手を縛り、ハンカチでその涙を拭いてやった。波に競り負けた結果、本島の岸辺から一連の出来事を見守っていた三番の監督官は、両陣営の健闘を惜しみない拍手で称えた。手のひらが赤くなるまで拍手したのち舟を出し、仲間の遺体を探しにいった。

＊

処刑の日取りはあっさりと決まった。

執行日、中央広場は多くの人で溢れかえり、架空の港町の住民のみならず、リュトリュクの小動物たち、本土から視察に来た役人たち、それから観光客などで賑わっていた。

天野はリュトリュクの人間であると見做されたため、審理はリュトリュクにある裁判所で行われ、ものの三十分と経たぬうちに判決が下された。しかしその判決は、リュトリュクで下された判決であるというより、架空の港町、つまりは新町長の一存で下されたものであった。本土の人間から見れば信じ難いほどに前時代的な裁判だったのかもしれないが、架空の港町でもこれまで極刑に処された人間はいなかった。

そして今、天野は後ろ手に縛られ、噴水の前に立ち尽くしている。

観光客たちは彼の様子をじろじろ眺めては、旅行パンフレットに目を通し、鳥打ちという職業についての知識を深め、これから行われるであろう、島で初めての処刑に思いを馳せていた。

時おり交わされる人々の他愛ない会話を聞きながら、天野はもうすぐ結末を迎えるという実感もないままに、沖山とつくっていた鳥たちの墓地のことや、一人でつくり上げた、もう一つの花畑のことを考えていた。何かやり遂げたようで、まだ何も始めてなどいないような、そんな心許ない気持ちになった。

あれこれ考えながらも、あまり深刻に考えすぎないように、無意識のうちに抑制を効かせていた。そのため彼の思考は十分に伸びきる前に縮み始め、事の核心にはいつまでも飛び込まず、迂回に迂回を重ねるようにしてその周縁を回り続ける。

死の間際にあるというのに、彼はいぐあな老師の置いていったレシピのことばかり考えていた。あれを作ってみればよかった、あれは満足のいく出来映えだった、あれはもともとの分量が間違っているんじゃないか、あれは記述の足りない部分があるんじゃないか、等々、そういった些事ばかりが思い起こされた。

天野はレシピを熟読して料理人になった自分、本土に渡って店を構えた自分の姿を想像してみたが、それはあまり現実感を伴わない、突飛な空想であるように思えた。

「よし、取りかかるとしよう」

職業安定所で執行人の仕事をもらったリュトリュクの大男が、両手の縛られている天野をひょいと肩に担ぎ、中央広場を西に向かって歩き出した。

秩序の外にいるとばかり思っていた人間が、今こうして新町長のために働いているという事実は、天野の胸のうちに新鮮な驚きを呼び起こした。すこぶる柔和な顔つきを保ったまま、大男は彼を運んでいく。

広場の西門には処刑に使われるであろう、一本の斧が立てかけられていた。そして学校と酒場の間から、踊りながら煌《きら》めく深緑色の海が見えてくる。

担がれたままの姿勢で、天野は男の右耳に尋ねた。

「もう一つの花畑がどうなったか知っていますか？」

男は首をひねり、右肩の方を向いて答えた。

「いいや、知らないな。この件に関しては何も聞いていない」

「なるほど、そうですか」

残念そうな顔をしている天野に、男は言った。

「あんた、いぐあな老師のもとで働いてたな」

「ええ、半年ほど。ですが、それももう終わりですね」

「運の良い日には、あそこで晩飯を食べることができた」

天野は見習いとしてお勧めメニューの数々を口走ってしまいそうになったが、どうにかその衝動を抑えた。今となっては自分は一人の罪人に過ぎず、老師の料理について語る言葉など一つとして持ち合わせていないように思えた。

代わりに天野は言った。

「今夜は『いぐあな』で食べられたらいいですね」

「それがな、処刑なんて初めてのことだから、給料の相場がはっきりしていなくってなあ。いくらもらえるのか、まだわかっていないんだ」

そうこう話しているうちに、二人は西の門に着いた。

天野が地べたにうつ伏せになると、執行人は躊躇うことなく斧を振り上げた。

その瞬間、広場に来ていた三人の監督官が、それぞれ拡声器を手に持ち、架空の港町の唱歌を歌い始めた。おそらくは儀礼に基づいた行為であり、執行人が斧を構えるのを待っていたのであろう。

唱歌、架空の港町のテーマ

1

咲き誇る花々に　心すっかり奪われて
おさな児らの瞳　星々の映る泉のよう
歴史ある港の　生まれ変わるとき
われらの希望もまた　花ひらく

ともに生い立とう　陽光のもと
　架空の港町　光溢れる町

2

乱れ飛ぶ蝶々に　心すっかり奪われて
おさな児らの瞳　朝露に濡れた蕾《つぼみ》のよう
歴史ある港の　生まれ変わるとき
われらの理想もまた　天とどく
ともに羽ばたこう　陽光のもと
　架空の港町　光溢れる町

天野の心は監督官の歌う唱歌によって塗り潰され、旋律だけでなく拡声器から響く雑音までもが体内を満たしていった。やがてそれらの声音と旋律、雑音と反響は、瞑っている瞼の裏側に像を結び、鮮やかな風景を描き始める。

天野は自分のつくり上げた花畑にいて、海鳥の眼差しで上空から蝶と花々を眺めている。

しかし、手に食い込む縄の感触が人間のからだの輪郭を思い出させようとするため、両翼はたちまち二本の腕へと戻ってしまい、想像上の飛翔もまた打ち切りとなる。

歌が終わるや否や、新町長をよく思っていない酔いどれ漁師たちが旧町長時代の唱歌を合唱し始めた。旧町長時代を懐古する漁師たちは、あれほど鳥打ちを忌み嫌っていたにも拘わらず、今では天野の処刑に声を荒らげて反対するまでになっていた。

天野はこの事件をきっかけに海鳥の守り人などと呼ばれるようになり、漁師たちのあいだでは随分と持て囃《はや》されていたのである。新町長への憤懣を爆発させるようにして、彼らは大声で旧唱歌を歌い上げる。

旧唱歌、酔いどれ漁師たちのテーマ

1

波音と海鳥の　かまびすしい港町
飲めや騒げや　架空の港町
倒れて吐いて　天仰げば

果てなき青空　雲浮かぶ
おれも浮かぼう　海に浮かぼう
まったくの酒樽となって

2

ゆっくり遠ざかる　女房待つ港町
未練は尽きぬ　架空の港町
来年帰ると　文書くも
鳩などおらず　鷗《かもめ》だけ
おれが運ぼう　浜へ運ぼう
文詰めた酒樽となって

監督官たちも、負けてたまるかと拡声器のボリュームを上げ、競うようにして港町のテーマをがなり立て始める。そのうちに歌の合戦は漁師らの暴動へと発展し、中央広場は大混乱に陥った。観光客も本土の役人も逃げていき、執行人の斧は誰も見守っていないなか、ひっそりと振り下ろされた。

一部始終を見ていたのは、沖山と保田の二人だけであった。保田は、もはや鳥打ちなど続けられるはずもなかったので、明日からは漁師となって海に出ようと考えていた。沖山は、明朝にでも日誌を束ね、母親を連れて本土に帰らなくてはならないと考えていた。本土には母の生家があるし、このまま港町に留まれば、天野のことまで忘れてしまう気がしたのであった。

二人は言葉を交わしていなかったが、両者ともに、騒ぎに紛れて天野の遺体を奪い取り、鳥たちの墓地に埋めてやることが何よりの供養になるのではないかと考えた。

執行人が斧を置いたとき、二人は、ほとんど同時に動きだす。

［補遺］ いぐあな老師の置いていったレシピ

〈カリフラワーとアンチョビのパスタ〉

・カリフラワー　1個
・アンチョビ　1缶
・ニンニク　4〜5片
・唐辛子　3本

①カリフラワーを小さく切り分け、軽く茹でる。
②多めのオリーブオイルにニンニクを入れ、香りを油に移したら、唐辛子を入れ、風味を油に移す。
③オリーブオイルに、カリフラワーを入れて炒める。箸でほぐせるようになったら、アンチョビを加え、さらに炒める。水分が蒸発してくるので、具を皿に分ける。
④フライパンに残ったオイルに水を加え、ソースを作る。アンチョビに塩分が含まれているので真水でいい。不足の場合にはパスタの茹で汁を加える。アンチョビの量と水の量は味見をしながら決める。
⑤茹でたパスタを④に加え、仕上げのオリーブオイルを加えて完成。

……………☆……………

〈カリフラワーと生クリームのパスタ〉

・カリフラワー　半〜1個
・インゲン　1パック
・ベーコン　150g
・生クリーム　200cc
・牛乳　300cc
・料理ワイン　100〜200cc
・パルメザンチーズ

①カリフラワー、インゲンは一口大に切り、軽く茹でる。
②ベーコンを切り、オリーブオイルで炒め、ワインを加え、煮詰める。
③生クリームを加えて煮詰め、牛乳で伸ばす。塩小さじ1を加える。
④野菜を加えたところに、茹でたパスタを加え、よく和える。

…………………☆…………………

〈ボンゴレ〉

・オリーブオイル　60cc
・ニンニク　4片
・赤唐辛子　2本
・パセリ　少々
・あさり　40個ほど
・白ワイン　30～50cc

①ニンニクと唐辛子で風味をつけたオリーブオイルに、あさりと白ワインを加え、蓋をして強火にかける。
②あさりの口が開いたら蓋を取り、余分な水分を蒸発させてとろみをつける。その際、みじん切りにしたパセリを半分ほど加える（残りの半分は盛りつけの際に）。
③貝の身をとって別の容器に入れる。スープも、フライパンの底の砂や貝殻の破片を入れないようにして、別の容器に取っておく。
④スープとあさりの身をフライパンに戻して温める。仕上げにオリーブオイル30ccを加え、乳化させる。
⑤パスタを和えたら、残りのパセリを上からかける。

…………………☆…………………

〈鶏肉とトマトとキャベツのスープ〉

・鶏の骨付き肉　30本ほど
・ジャガイモ　4個
・玉ネギ　3個
・ピーマン　1袋
・銀杏　1袋
・ニンジン　3本

・キャベツ　1玉
・トマト　2〜3個
・トマトピューレ　1缶

①鶏肉を水から入れ沸騰させる。水は鶏肉の浸かるひたひた程度。
②沸騰したら、アクを取り除き、必要に応じて水を足し、ニンジン、銀杏、ピーマンを加え、弱〜中火で煮込む。
③20分ほど経ったら、キャベツを3㎝四方に切って加える。
④材料が柔らかくなったら、トマトとトマトピューレを加え、味を調えて完成（酸味が欲しければケチャップを加えること）。

…………☆…………

〈イナダのムニエル〉

・イナダ刺身　6匹分
・パプリカ（赤、黄）　各1個
・アスパラガス（緑）　2束
・玉ネギ　大1個
・ナス　小3個
・バター　3分の2箱
・小麦粉
・サラダ油
・牛乳　1〜2カップ

①イナダの3枚下ろしに塩胡椒をする。
②その間に野菜を切る。ナス、パプリカは縦長に切り、玉ネギはみじん切りに、アスパラガスは半分に、根元の方は斜めに切る（アスパラガスはあらかじめ茹でておくといい）。
③イナダの切り身に小麦粉を薄めに付ける。
④フライパンにサラダ油を引き、玉ネギを炒め、透き通ってきたら、ナスを加える（ナスが油を吸ってしまうが、そのままの油量で）。パプリカを加え、続いてアスパラガスも加える。
⑤2つのフライパンに、バター、各80〜100gを引く。ぐつぐつとしてきたら、魚をムニエルにする（バターがぷくぷくというくらいに、火は強すぎず、弱すぎ

ず)。途中で蓋をして、蒸し焼きにする(蒸し焼きにしないと中まで火が通らない)。
⑥野菜を炒め終えたら、小麦粉を加える。上から適当に振りかけ、全面にまぶす。1~2分炒める。バターを加えてさらに炒める。牛乳1カップを加え、かき混ぜ、ソースにする。
⑦魚の焼き色を見て、こんがりしていたら、ひっくり返し、裏にもきつね色をつける。
⑧炒めた野菜を魚に添え、ソースをかけて完成。

……………………☆……………………

〈ふきのとうと牡蠣のパスタ〉

・ふきのとう　6~8個
・牡蠣　500gほど
・玉ネギ　半個
・牛乳　200~300cc
・料理ワイン　100~200cc
・ニンニク　2~3片
・パルメザンチーズ

①牡蠣を塩水で洗い、よく水を切る。
②ふきのとうを4等分に切る。玉ネギをみじん切りにする。
③フライパンにオリーブオイルを熱し、潰したニンニクを加え、きつね色にする(色がついたら、取り出す)。
④玉ネギのみじん切りを加え、しんなりしてきたら、牡蠣を加える。火が通りぷっくりしてきたら、ワインを加え、強火でアルコールを飛ばすとともに、ふきのとうを加える。
⑤パスタを茹で始めたら、④に牛乳を加えて加熱し、沸騰はさせずに火を止める。
⑥⑤のソースをパスタとよく和えて、胡椒とチーズを振って完成。

……………………☆……………………

〈サーモンとアスパラガスの生クリームパスタ〉

・サーモン切り身　3~4枚
・アスパラガス　2束

・生クリーム　２００cc
・白ワイン　50～１００cc
・牛乳　２００cc
・サラダ油　30cc
・バター　50gほど
・塩　小さじ1弱

①サーモンを小さなサイコロ状に切る。
②アスパラガスを３つに切り分け、さらに縦半分に切り茹でておく。
③フライパンにバターとサラダ油を熱し、サーモンを加える（中火）。
④サーモンの両面が濃いピンク（橙色）から薄いピンク（肌色）に変わったら、白ワインを加えてアルコールを飛ばす。
⑤生クリームを加えたら、アスパラガスを入れ、生クリームの量が3分の2になるまで煮詰める。焦げないように加熱してから、牛乳を加える。パスタを和えられるようになったら、ソースの完成。

…………………☆…………………

〈鶏の腿肉のレモンソース添え〉

・鶏の腿肉　5枚（手のひらサイズ）
・レモン　小1個（中ならば半分）
・玉ネギ　半個
・ナス　5個
・バター　40g
・オリーブオイル　大さじ2弱
・料理ワイン　１５０ccほど

①鶏肉の皮を、フォークやナイフなどでぷつぷつと刺し、両面に塩コショウをする。
②ナスは1個を4枚くらいに薄切りにする。
③鶏肉の皮の下に、１枚につきナス1個分を入れ、爪楊枝でとめる。
④フライパンにサラダ油を多めに引き、皮の方を下にして中火で焼く（皮に焦げ目がつき、いい焼き色になったら裏返し、弱～中火で反対側を焼く）。

⑤玉ネギをみじん切りにして、色が透明になってくるまでバターで炒める（きつね色にはしないこと）。
⑥そこに白ワインを加え、煮詰めていく。量が減ってきたらオリーブオイルを加え、弱火で加熱してソースをつくる。
⑦ソースが完成したら、レモンを絞り、鶏肉にかける。

…………………☆…………………

〈イワシとレモンのパスタ〉

・イワシ　4〜5匹
・レモン　1個
・さやえんどう　100g
・ニンニク　4〜5片
・唐辛子　3片

①イワシを3枚に下ろし、身に塩コショウと小麦粉をまぶす。
②ニンニクをたっぷりのオリーブオイルで加熱して、香りを移したら、唐辛子を入れ、同様に香りを移す。
③②のオイルでイワシを炒める。茶色になるまでやる必要はない。小麦粉が黄金色に色づいたら、イワシを皿にとる。
④③のフライパンにワインと、塩の入った茹で汁をおたまで1杯ほど加える。味見をしながら、あらかじめ茹でておいたさやえんどうを加え、ソースを完成させる（麺が茹で上がる1分前に、イワシをフライパンに戻して、レモンを絞る）。
⑤茹で上がった麺とソースを絡めて完成。

…………………☆…………………

〈海鮮パエリア〉

・イカ（生・冷凍）　300g。食べやすい大きさに切り、料理ワインをかけ、生臭さをとる
・ホタテ（生）　200g。大きいまま、切らずに使う
・エビ（冷凍）　頭無し15〜20尾。足をむしり、料理ワインをかけ、生臭さをとる
・アサリ　300〜400g。砂抜きをして、ザルに

あける
・サフラン　1g。お湯（300〜400cc）に浸して、色を出しておく
・玉ネギ　中1個。みじん切り
・エリンギ　200〜300g。縦3ミリ幅に切る
・アスパラガス　2〜3束。3等分にして軽く茹でる
・パプリカ（黄、赤、橙）　各1個。縦8等分にして軽く茹でる
・レモン　1個
・ニンニク　3〜4片
・塩　小さじ2
・ブイヨンキューブ　1個。お湯（1ℓ）に溶かしておく
・オリーブオイル　300cc
・米　5合
・料理ワイン

①ニンニクをつぶし、オリーブオイルで炒め、香りを移す。香りを移したら、アサリのためにいくらか残し、ニンニクとオリーブオイルを小皿にとる。

②フライパンに残しておいたオリーブオイルを強火にかけ、アサリを入れて蓋をする。貝が開いたら、料理ワインを加え、アルコールを飛ばす。そして、アサリとスープを別の容器に移す。

③アサリに使ったフライパンに、新たにオリーブオイルを引き、エリンギを炒める。それからパプリカとアスパラガスを炒め始める。すべての具材に火が通ったら、軽く塩をする。

④また新たにオリーブオイルを引き、ホタテ、イカ、エビを焼く。ホタテは火を通しすぎないこと。最後に軽く塩をして、炒め終わったフライパンに料理ワインを入れ、スープをとる。

⑤パエリアパンに、①のニンニクとオイルを入れ、玉ネギのみじん切りを炒める。半分ほど火が通ったら、米を加えて炒める（たっぷりのオリーブオイルでよく炒めると、完成時に米がぱらぱらする）。

⑥④のスープとブイヨンスープを混ぜ、2〜3回に分けてフライパンに入れる。7割ほど柔らかくなったら②のアサリスープを、8割ほど柔らかくなったらサフランのスープを、それぞれ入れる。そして最後に塩をす

る（3種のスープはそれぞれ300〜400ccであることが好ましい）。
⑦ほとんど完成してきたら、野菜と魚介を米の上に飾りつけ、アルミホイルをかぶせ、強火で残りの水分を飛ばす。
⑧よく蒸らしたら、レモンを絞って完成。

…………☆…………

〈パプリカチキン〉

・鶏の腿肉　4枚　800g
・玉ネギ　小2個
・ニンニク（みじん切り）　小さじ3
・サラダ油　大さじ4
・パプリカパウダー　大さじ3
・コンソメパウダー　小さじ4
・ローリエ（ホール）　2枚
・水　500cc
・ヨーグルト（サワークリーム）　180g

①鶏肉1枚を4つに切り分ける。
②フライパンで鶏の両面に焼き色をつけ、別の皿にとっておく。
③鶏肉を焼いたフライパンで、玉ネギとニンニクを、玉ネギに色がつくまで炒める。
④火を止め、パプリカパウダーを加え混ぜ、弱火で1分ほど炒める。
⑤水400cc、コンソメ、ローリエ、鶏肉を加え、20分ほど煮込む。
⑥水100ccとヨーグルトを加え、一煮立ちさせて完成。

…………☆…………

〈牡蠣のリゾット〉

・牡蠣　400〜500g
・玉ネギ　中1個
・オリーブオイル　大さじ3〜4
・バター　50〜70g
・料理ワイン
・米　4〜5合

・パセリ
・パルメザンチーズ

①小鍋に牡蠣とバターを入れ、牡蠣がひたひたになるくらいまで料理ワインを入れる。
②火が軽く通り、牡蠣がぷっくりするまで加熱する。
③フライパンにオリーブオイルを引き、みじん切りにした玉ネギを、香りが立つまで炒める。
④フライパンに米を入れ、軽く炒める。米1合につき200ccの水を、2回に分けて加え、15分ほど炊く。
⑤米が炊きあがってきたら、鍋の牡蠣の汁と塩少々を加え、さらに5分ほど炊く。
⑥仕上げに、牡蠣、パセリ、パルメザンチーズを米に加え、よくなじませたら出来上がり。

…………☆…………

〈真鯛のアクアパッツァ〉

・真鯛　1匹。二枚に下ろし頭はカマ付きで切り離す。身は人数分に切る。カマ付きの頭は真半分に切る
・ジャガイモ　中2個。8等分に切り、茹でる
・ピーマン　中3個。輪切り。オリーブオイルで炒める
・ナス　中3個。輪切り。オリーブオイルで炒める
・ニンニク　1～2片。みじん切り
・ホールトマト　1缶

①フライパンにオリーブオイルを引き、ニンニクを香りが立つまで炒める。
②ニンニクを皿にとり、頭と背骨付きの身を、皮を下にしてフライパンに並べる。
③軽く焼け目がつくまで焼いたら、反対側も同様に焼く。
④いい香りがしてきたら（焦げて、身が固くなってしまう前に）、フライパンに、身が半分以上浸かるほどの水を加えて、蓋をする。沸騰状態を維持することで、蒸し焼きにする。その際に、グツグツしている出汁を、おたまで身に何度もかける。
⑤3～5分ほど経ったら、上から野菜をのせる。さらに、背骨のない切り身を野菜の上にのせてから、ホールトマトをかける。そして、小さじ1程度の塩とコショウ

を全体にまぶす。
⑥蓋をして、すべての切り身に火が通るまで蒸す。

初出
「文藝」二〇一五年秋季号

金子薫（かねこ・かおる）
一九九〇年、神奈川県生まれ。
慶應義塾大学文学部仏文学専攻卒業。
同大学大学院文学研究科仏文学専攻に在籍。
二〇一四年「アルタッドに捧ぐ」で
第五一回文藝賞を受賞しデビュー。

鳥《とり》打《う》ちも夜《よ》更《ふ》けには

二〇一六年 二 月二八日 初版発行
二〇一六年一二月三〇日 2刷発行

著者 金子薫

発行者 小野寺優
発行所 株式会社河出書房新社
東京都渋谷区千駄ヶ谷二-三二-二
電話 〇三-三四〇四-一二〇一（営業）
〇三-三四〇四-八六一一（編集）
http://www.kawade.co.jp/

印刷 株式会社暁印刷
製本 小高製本工業株式会社

Printed in Japan ISBN978-4-309-02445-5

河出書房新社の文藝賞受賞作

アルタッドに捧ぐ　金子薫

大学院を目指す名目で小説を書く本間。ある日、自らの小説の主人公からアルタッドというトカゲを託されて——生と死、そして「書くこと」の根源に迫る、企みに満ちた鮮烈な「青春」小説。第51回文藝賞受賞作。

河出書房新社の文藝賞受賞作

ドール　山下紘加

その日、少年は、自分の、自分だけの特別な人形を手に入れたいと思った――時代を超えて蠢く少年の「闇」と「性」への衝動を描く、驚異の新人登場。第52回文藝賞受賞作。

河出書房新社の文藝賞受賞作

地の底の記憶　畠山丑雄

ラピス・ラズリの輝きに導かれ「物語」は静かに繙かれる——電波塔に見守られる架空の町を舞台に、100年を超える時間を圧倒的な筆力で描く壮大なデビュー作。第52回文藝賞受賞作。